目次

主な登場人物

✤お遥《はる》

「かなりあ堂」の看板娘。齢十七。商売に不向きな血のつながりのない兄を何かと手助けしている。

✤徳造《とくぞう》

お遥の兄。飼鳥屋「かなりあ堂」を妹と二人で営む。皆殺しとされた呉服屋三松屋の生き残り。

✤お種《たね》

八百屋を一人で切り盛りしている。豆腐屋のおかみと共に乳飲み子だったお遥を育てた。

✤八田伊織《はったいおり》

鳥見組頭・八田宗右衛門の嫡男。鳥見役として御鷹場の御用をしている。

✤お佐都《さと》

大名平岡家の女中。鳥好きのお方様のため鳥の世話に明け暮れている。「かなりあ堂」に出入りする。

✤播磨屋《はりまや》の御隠居

鳥好きの「かなりあ堂」の上客。小間物屋を営む。

講談社文庫

かなりあ堂迷鳥草子２

盗蜜

和久井清水

講談社

かなりあ堂《どう》迷《めい》鳥《ちょう》草《ぞう》子《し》2

盗《とう》蜜《みつ》

第一話　鶯替《うそかえ》

　かなりあ堂の屋根の上で、お遥《はる》は大きく伸びをした。江戸の町並みが遠くまで見渡せて、気持ちが清々《せいせい》する。

　昨日降った雨のおかげで、御城や遠く観音様の森も緑がひときわ濃く鮮やかだ。昨日の雨は冷たかったが、今日は朝からお天道様《てんとさま》が顔を出して、ぽかぽかとした日差しが降り注いでいる。こうやって一雨ごとに暖かさを増していくのだろう。

　膝を抱えて座り空を見上げた。空は澄み切っていて、心地よい風が吹いている。

　安普請《やすぶしん》の長屋だが一応二階屋であり、飼鳥屋《かいとりや》を営み裕福とはいえないまでも、兄の徳造《とくぞう》と二人で暮らすには十分に広い。なんの不足もない生活だ。

　以前は、こうやって屋根に上がっては、ここではないどこかに行きたいとぼんやり思ったものだが、今はそんなこともなくなった。自分が捨て子だったと知って、むしろ居場所はここにしかないのだと肚《はら》が決まったのかもしれない。

　この何日か、雀《すずめ》の栗太郎《くりたろう》が餌《えさ》をもらいに来ないので気になっていた。カラスに襲われたか猫に取られでもしたのか、と空を眺めては心配していた。

今日も黍《きび》を持ってきたのだが、やはり栗太郎は姿を現さない。青空にはただ白い雲が浮かんでいるだけだった。

貝坂《かいざか》のほうから、背を丸めふらふらと歩いてくる男がいる。だんだんと近づいてきて、それは太助《たすけ》であることがわかった。

太助は金魚を売ったりする棒手振《ぼてふ》りだ。いまだに独り者だが、友だちの半次郎《はんじろう》は去年の暮れにお美津《みつ》と所帯を持った。お美津の全身にできものができたり、父親が御縄《おなわ》になったりで二人は一時は心中まで考えたのだ。その時に太助は親身になって奔走《ほんそう》し、無事祝言《しゅうげん》をあげさせたのだった。お美津の父親は過料《かりょう》を科されただけで放免となり、お美津のできものも快方に向かった。

半次郎とお美津は元気でやっているだろうかと、ゆうべもふと思い出したところだったのだ。

「太助さーん」

お遥は立ち上がって手を振った。どこから声が来るのだろう、と太助はあたりをきょろきょろするばかりだ。

「太助さーん。こっちこっち」

屋根の上で飛び跳ね両手を振るお遥に、太助はやっと気がついた。

お遥は急いで屋根から下りて店のほうへ向かった。

「兄さん、太助さんが来るわよ」

店の土間で庭箱《にわこ》の掃除《そうじ》をしていた徳造の大きな背中に呼びかけた。庭箱は番《つがい》の鳥に巣引きをさせるための鳥籠《とりかご》で、前面以外は板で囲まれ奥のほうには巣箱を置く台がある。番が落ち着いて産卵と抱卵ができるように配慮されたものだ。何年も使っていなかったのだが、今年は声のいいカナリアがいるので、巣引きさせてみようということになったのだった。

徳造は掃除の手を止めて振り返った。

「太助さんが？　そうかい」

福々《ふくぶく》しい顔に埋もれた小さな目をさらに細める。

一緒に外へ出ると、太助は店の前を通り過ぎるところだった。

「きっと急いでいるんだよ」

徳造はそう言うが、太助の足取りは少しも急いでいるようではなく、相変わらずふらふらとしていて今にも倒れそうだった。

「太助さん」

お遥は駆けていって太助の腕を取った。太助は立ち止まりはしたものの、お遥の顔を見ようともせず、ぼんやりと宙を見つめている。

「太助さん、どこに行くの？」

「え？　ええっと、どこだっけ？」

「変な太助さん。急ぎでないんだったら、うちに寄っていってよ」

「ああ、そうだな」

店の上がり口に座った太助は、やっぱりぼんやりしていた。そうかと思うとそわそわと落ち着かないようすで、懐《ふところ》に入れた手を出したり引っ込めたりしている。

「半次郎さんとお美津さんは元気？」

お遥は太助に麦湯《むぎゆ》を渡しながら言った。

「……半次郎……か」

「半次郎さん、どうかしたの？」

お遥の問いには答えず、太助は暗い顔でなにかを考えている。

「ねえ、太助さんどうしたの？　半次郎さんになにかあったの？」

「いや、半次郎は元気だよ。お美津ちゃんと仲良くやっている」

その時、表でヒュッと口笛の音がした。見ればどこかの若い衆が二人、なにやら談笑しながら通り過ぎるところだった。俺のほうが口笛が上手《うま》いなどと言い合っている。

お遥は太助に視線を戻して驚いた。

目を見開き脂汗《あぶらあせ》をかいている。そして小さく震えていた。

「大和屋《やまとや》の……俺は……俺は」

青ざめた顔でさらになにかをつぶやいているが、聞き取れなかった。

「太助さん、しっかりして。どうしたの？」

「俺、帰るよ」

太助は止める間もなく外へ出て行った。

お遥と徳造は目を丸くして互いに顔を見合わせた。

お種《たね》は芋羊羹《いもようかん》を頬《ほお》ばり、ゆっくりと味わっている。隣の八百屋《やおや》の店主、お種はなぜかお八《や》つをかなりあ堂で食べるのだ。徳造とお遥の分も持ってくるので、なにも文句はないのだが。

今日は自身番屋《じしんばんや》で売っている芋羊羹だ。子供が一文銭《いちもんせん》を握りしめて買いに行くので、番太郎菓子とか一文菓子などと呼ばれているが、お遥もこれは大好きだ。

お種は食べ終わると、満足そうに一息ついて、「わかった」と言った。

「わかったの？」

お遥は芋羊羹を慌《あわ》てて呑《の》み込んで訊《き》いた。

太助のようすがおかしかった、とお遥が言うのをずっと黙って聞いていたお種だったが、芋羊羹の甘みのおかげと言わんばかりに、答えが出てきたらしい。

お遥が身を乗り出すと、徳造も鳥籠の掃除の手を止めて、こちらに聞き耳を立てている。

「口笛が聞こえて、それからギョッとなって大和屋って言ったんだろう？　それは確かなんだね」

「ええ、他はなんて言ってるかわからなかったけど、たしかに大和屋って言ったわ」

「大和屋といえば、決まってるじゃないか」

「え？　なに？」

「三津五郎《みつごろう》だよ。三代目坂東《ばんどう》三津五郎。いよっ、大和屋。待ってました。ニッポンイチ」

お種はまるで舞台の役者に掛けるみたいに声を張り上げた。

「だけど太助さんは、なんだか怖がっていたみたいだったよ」

徳造がおずおずと言う。

「そうよ。変な汗をかいて震えていたのよ」

「だからさ、太助さんは芝居《しばい》なんか見に行くような柄じゃないだろう？　それがどういう成り行きか知らないけど間違って行っちまったのさ。ああいうとこはいろいろと決まり事があるんだよ。大向《おおむ》こうっていってさ、どこでどんなふうに声を掛けるか決まってるんだ。それを知らない太助さんは、口笛なんか吹いちまったんだよ、きっと。馬鹿だね。それで周りの客にこてんぱんにやられちゃったのさ」

お種はもう一度、「馬鹿だねえ」とため息をついて首を振った。

かなりあ堂にお客が来たのを汐《しお》に、お種は帰って行った。

お種の言ったことは、お遥にはとてもそうは思えなかった。いつも陽気で小さなことを気にしない暢気《のんき》な太助が、あんなふうになにかに怯えているのを見て驚きもしたし、気の毒にも思った。

「兄さん、私、半次郎さんのところへ行ってこようかと思うの」

お客が途切れた頃合いに、お遥は徳造に言った。

「そうだね。あたしも太助さんのようすは只事じゃない気がするよ。半次郎さんならなにか知っているかもしれないいね」

徳造もかなり気になっていたようで、自分も一緒に行くと言ったが、ちょうどそこへ別のお客が来たこともあってお遥は一人で行くことになった。

半次郎はもとは裏伝馬町《うらでんまちよう》の裏店《うらだな》に住んでいた。太助も同じ町内に住んでいたのだ。お美津の実家は通りを隔ててすぐの元赤坂《もとあかさか》で、三人は物心ついた時には友だちだったという。

今はお美津と祝言をあげ、四谷塩町《よつやしおちよう》の小綺麗《こぎれい》な長屋で暮らしている。振売《ふりうり》の魚屋だが、お美津の父親の援助があったようで、しっかり者の半次郎はたくわえもあったらしい。四谷塩町にはお得意さんも多いという。

四谷御門《ごもん》を抜けてすぐのところに珠数屋《じゆずや》があり、小僧さんが店の前を掃《は》いていた。魚屋の半次郎のうちを知っているかと訊くと、「ああ、半次郎さんのうちはね」とにこにこと答える。なんでも珠数屋の旦那は半次郎からよく魚を買うらしい。

教えられた角を曲がって長屋木戸を入り、井戸端《いどばた》で洗い物をしているおかみさんに、もう一度半次郎の家を訊いた。

「半次郎さんの家なら、そこの三軒目だよ。仕事に行ってるけど、お美津ちゃんがいるよ」と教えてくれる。このおかみさんもやっぱりにこにこしている。半次郎とお美津は、ここに居を構えて日は浅いが、町内の人にすっかり馴染《なじ》んで好かれているのだろう。

腰高障子《こしだかしょうじ》を叩いて、「こんにちは。お美津さんいますか。かなりあ堂の遥です」と声を掛けた。

すぐに戸が開いてお美津が現れた。丸髷《まるまげ》もつややかで、すっかりおかみさんの顔になっていた。

「お遥ちゃん。よく来てくれたわね。さ、入って」

お美津は内職をしていたようで、六畳ほどの部屋には縫《ぬ》いかけの着物が広げてあった。

奥には裏口があり、風通しのよさそうな明るい家だった。

しばらくは通り一遍の世間話をしていたが、太助の話題になるとお美津は顔を曇《くも》らせた。

「うちの人も心配しているんです。私たちが所帯を持ってから、ここに遊びに来てくれたのも一度きりで、そのあと何度誘っても用があるとか言って来てくれないんですよ」

お遥は今日、太助が来た時のようすを話した。

「なにかに怖がっているみたいで、いつもの太助さんじゃなかった」

その時、半次郎が仕事を終えて帰ってきた。お遥が来たのを喜んでくれたが、太助のことはやはりなにかあるようで、お美津の横にあぐらをかいた半次郎は、難しい顔で腕組みをした。

「お美津にも言っていなかったんだが、太助さんは悪い仲間と付き合っていたんだ。それで俺が諫《いさ》めると、わかったって言ってくれたんだが、それ以来うちに足を向けなくなってしまったんだよ」

「そうだったの。急に来なくなったから、どうしたのかと思っていたわ」

お美津は事情がわかって、ほっとしたような余計に心配になったような顔をした。

「だけど、おまえさんに言われたくらいで、うちに来なくなるなんて太助さんらしくないわねえ」

お遥もその通りだと思う。

「なにかあったんでしょうか？」

「そうかもしれない。またなにかあったのかも。俺に知らせてくれないなんて水くさいな」

「また？」

「太助さんは去年から、ずっとよくないことばかりがあってね」

半次郎の祝言があってすぐのことだった。浅草《あさくさ》に住んでいた、ただ一人の身内である叔父《おじ》がちょっとした怪我《けが》がもとで亡くなってしまった。太助も風邪《かぜ》をひいたあとなかなか治らず、ようやく治って仕事に行ったかと思うと、今度は足を挫《くじ》いてしまい、また家に籠《こ》もる日々となった。

そんな時に、穴熊《あなぐま》の政五郎《まさごろう》という小悪党が太助に近づいてきた。小さな賭場《とば》が開くというので、太助は手伝いにかり出された。ただ座っていればいいだけで、けっこうな額の金をもらえるというので太助は喜んで出掛けて行った。

「ええっ、どうしてそんな」

お遥は、つい情けない声を出してしまった。

「病気と怪我で仕事に出られない日が続いて、金に困っていたんだ」

「でも博打は御法度《ごはっと》じゃないですか」

「そうなんだよ。だから俺は言ったんだ。金を借りに遠慮なく来てくれって。返すのはいつでもいいからってね」

だから政五郎とかかわるのは金輪際《こんりんざい》よしてくれ、と半次郎が頼んだという。

「それじゃあ、太助さんは政五郎という人とはもう付き合いはないんですね」

「そうだと思うが……」

半次郎は眉を寄せて、「明日にでも太助さんのところへ行ってみるよ」と言った。そう言ってくれて、お遥はほっとした。半次郎ならきっと訳を聞きだして、なんとかしてくれるだろう。

お遥はほんの少し心が軽くなって、半次郎の家をあとにしたのだった。

播磨屋《はりまや》の御隠居《ごいんきょ》と一緒に、お遥は裏猿楽丁《うらさるがくちょう》へ向かっていた。播磨屋の御隠居は麹町《こうじまち》にある小間物屋《こまものや》の主人だったが、今は息子に身代《しんだい》を譲り悠々自適《ゆうゆうじてき》の暮らしをしている。

御隠居はいつも杖をついているので、てっきり駕籠《かご》に乗るものと思っていたが、案外元気にずんずんと歩いた。

「御隠居さん、杖がなくても大丈夫みたいですね」

「ああ、これか。娘のお滋《しげ》から外へ出るときは杖を持つように、ってきつく言われているんだよ。前に道で転んだことがあってね。あたしはそんな年寄りじゃないって言ったんだが、きかないんだよ」

御隠居は、「困ったものだ」などと言いながら笑っているが、嬉しそうに目を細めている。冬の間、家にばかりいた父親を気遣《きづか》って、カナリアを見に行ってはどうかと勧めたのもお滋だという。

お滋という娘にお遥は会ったことはないが、たまに御隠居から聞く話では、とても大事にされている箱入り娘のようだ。

裏猿楽丁の絵師、山本宗仙《やまもとそうせん》に白いカナリアを売ったのは去年のことだ。宗仙が白いカナリアを手に入れたという話は、鳥好きの間で羨望《せんぼう》を込めてささやかれているらしい。

屋敷町《やしきまち》の入り組んだ道を行く。宗仙の家は大名《だいみょう》屋敷の向かい側にあって、こぢんまりとしてはいるが門構えはたいそう立派だ。

腰の曲がった下男《げなん》が中に案内してくれる。宗仙は居間で仕事をしていた。半分ほど白髪になった総髪《そうはつ》を髷に結《ゆ》い、薄い紫《むらさき》の紗綾《さや》形《がた》模様の着物の上に黒い十徳《じっとく》を羽織《はお》っている。

壁に立てかけた大きな絵は、ごつごつした岩が突き出た海岸の向こうの海に、小さな舟が二艘《そう》浮かんでいるというものだった。描きかけで舟と海にはまだ色が塗られていなかった。

宗仙の祖父は、屏風《びょうぶ》に鸚鵡《おうむ》石《せき》の絵を描いた絵師だという。鸚鵡石は伊勢《いせ》にある大きな岩で、その前でなにか言うとオウムのように人の言葉を繰り返すのだそうだ。それはまるで、人語を理解する生きた石のようだと言われ、おおいに話題になったという。それを耳にした霊元上皇《れいげんじょうこう》が宗仙の祖父に絵を描かせたのだそうだ。

「宗仙様、お仕事中でしたか。おじゃましてすみません」

宗仙は筆を置いてゆっくりと振り返った。面長《おもなが》な顔に深いしわが刻まれている。目が優しくて見るからに温厚そうだ。

「いや、いいんだ。ちょうど一休みしようと思っていたから」

「宗仙様、こちらは麴町の播磨屋さんの御隠居さんです」

「どうも、厚かましいとは思ったのですが、白いカナリアというのをぜひ見せていただきたいと思いまして」

御隠居が平身低頭《へいしんていとう》した。

「いえいえ、うちのカナリアを見に来る人はいつでも大歓迎ですよ」

宗仙はさっそく鳥の部屋に案内してくれた。そこは南側に縁側のついた十畳《じょう》ほどの部屋だった。鳥籠は部屋の両側の棚にずらりと並べてある。カナリアが多いが、三鳴《さんめい》鳥《ちょう》と言われるウグイスやコマドリ、オオルリもいる。宗仙は鳴き声のきれいな鳥が好きなようだ。

部屋の中央には紫檀《したん》の文机《ふづくえ》があり、その上に金の蒔絵《まきえ》がほどこされた鳥籠が載っている。籠の四隅《よすみ》から飛び出た擬宝珠《ぎぼし》に似た飾りからは、朱色《しゆいろ》の房《ふさ》が下がっていた。中にいるのは言うまでもなく、あの白いカナリアである。一幅《いっぷく》の絵を見るような美しさだ。

「このカナリアはどうやら雌《めす》のようなんだ。白いカナリアの雄《おす》はいないかね」

それは無理な話だ。白いカナリアはめったに出ないのだ。お遥がそう言うと宗仙は、「やはりそうか」と笑った。

「それに、聞いた話ですけれど、白同士の親から生まれた卵は孵《かえ》らないそうですよ」

「へえ、そうなのかい？」

「ええ。それで淡黄《あいき》を掛け合わせたら、白い仔《こ》が生まれたそうです」

淡黄というのは羽毛《うもう》の先端が白く縁取《ふちど》られた、淡く優しい色合いの羽色のことだ。

「そうかい」

宗仙は自分の顎《あご》を撫《な》でながら、「それじゃあ、かなりあ堂さんに頼むとするか。淡黄の雄を」と、もう白いカナリアが生まれたかのように嬉しそうだ。

「ありがとうございます」

お遥もにっこりと笑った。

その間、御隠居は我を忘れて白いカナリアに見入っていた。

お遥と宗仙はじゃまをしないように、そっと見守っていた。

かなりの時間がたってから、御隠居は自分が夢中になってカナリアを見ていたことに気が付いたようだ。顔を上げ、「いやあ、あんまりきれいだから」と赤面《せきめん》した。

「宗仙様は巣引きさせて、白いカナリアを生ませるつもりなんですよ」

お遥が言うと、御隠居はぱっと顔を輝かした。

「生まれたら、きっとあたしに譲ってくださいね。約束ですよ」

「ははは。いいですよ。もし生まれたらですがね」

茶菓の用意があるからと客間に通された。

「わしを贔屓《ひいき》にしてくれる人に菓子屋を営んでいる人がいてね。買いにやらせていたんだ」

お遥と御隠居は恐縮して頭を下げた。金蒔絵の菓子皿に小ぶりな饅頭《まんじゅう》が一つ載っていて、クロモジが添えてある。

お遥は御隠居がやるのを真似《まね》て、クロモジで真っ白な饅頭を一口の大きさに切った。お菓子を食べるだけなのにひどく緊張する。だが饅頭を口に入れたとたん緊張は吹き飛んで、思わず「美味《おい》しい」と声をあげていた。中の漉《こ》し餡《あん》がしっとりとして、上品な甘みが口いっぱいに広がった。

饅頭をあっという間に平らげて、お遥は未練がましく漆塗《うるしぬ》りの皿を眺めていた。

「気に入ったかい？　笹ノ屋《ささのや》さんの饅頭は評判だからねえ」

「こんな美味しいお饅頭、初めて食べました」

甘い物の好きなお種に食べさせてあげたいけれど、きっといい値段がするのだろう。

「そういえば同業の大和屋さんのところに押し込みが入ったそうだ。笹ノ屋の主人が怖がっていたよ」

「あの、いまなんて？」

「押し込みだよ。去年の暮れからあちこちのお店《たな》が入られているんだ。播磨屋さんも気をつけたほうがいい」

「ええ、あたしも怖いなと思っているんです。用心棒を雇ったとこがありましてね、うちも雇おうかと話していたところなんです」

「あの……押し込みに入られたお菓子屋さんって、なんていうお店ですか？」

「大和屋さんだよ。気の毒に、あそこの主人が賊《ぞく》に刺されて亡くなったそうだ」

「聞きましたよ。店を守ろうとしたのでしょうな」

宗仙と御隠居が話しているのを聞きながら、お遥は太助の言葉を思い出していた。

あの時、たしかに大和屋と言ったのだ。それは押し込みに入られ、主人が殺された大和屋のことではないのか。いったい太助と、どんな関係があるというのだろう。

太助は布団《ふとん》を被《かぶ》って震えていた。

あいつがまた俺を呼んでいる。今度はなにをさせようってんだ。

もう、たくさんだ。あの時だって、まさかあんな……。

太助はこの数日、ほとんど眠れなかった。これまで夜に眠れなかったことなど一度もなかった。いつだって枕に頭をつけて目をつぶれば、気が付いた時には朝になっていた。

真っ暗な部屋でせんべい布団にくるまっていると、太助らしくもなく、嫌なことが次々と思い出される。なぜか去年からよくないことばかりが起こるのだ。

事の始まりは半次郎とお美津の祝言の夜だ。二人が困難を乗り越え、晴れて夫婦《めおと》になったのが嬉しくて、その夜太助は深酒《ふかざけ》をした。半次郎が提灯《ちょうちん》を持って行けと言ったが、月が出ていたのでそれを断った。いい気分だった。お堀端をぶらぶらと歩いているうちに、雲が出てきて月が隠れてしまった。するとそばの藪《やぶ》がざわざわと音を立てた。と突然、黒い人影が勢いよく飛び出して来た。そして太助の懐に手を入れ紙入れを奪っていったのだ。

あっという間の出来事だった。紙入れには全財産が入っていた。といっても数日分、食いつなぐだけの金子《きんす》だが。

がっかりして紀伊国坂《きのくにざか》を下ったところで、向こうから来た男に声を掛けられた。

「よう、太助じゃないか」

「その声は政五郎か」

政五郎は太助と同じ金魚売りだった。それで互いに顔を見知っていた。太助は熱心と言えないまでもどうにか仕事を続けているが、政五郎はやめてしまい、今はなにをやっているのか知らない。

月が出てきて政五郎の姿がぼんやり見えてきた。遊び人ふうの格好《かっこう》だが、以前と変わらず人懐《ひとなつ》っこくすり寄ってきた。

「どうしたんだよ。太助。なんだかしょぼくれてやしないか？」

「ああ、紙入れを盗《と》られちまったんだ」

政五郎は同情して、「それじゃあ、俺が一杯おごるよ」と行きつけの店に連れていき、酒をおごってくれた。その上、金まで貸してくれたのだった。

その数日後、本所松倉町《ほんじょまつくらちょう》の叔父が急死した。太助は十六の年に両親が相次いで病死し、それからずっと一人で暮らしてきたのだが、めったに会うことがなくても血の繋《つな》がった叔父がいてくれると思うと、なんとなく心強く感じていたものだ。

身内と呼べる人がいなくなってしまった寂しさに気落ちした太助は、生まれて初めて風邪を引いて寝込んだ。病は気からというが本当にそうで、なかなか起き上がることができなかった。

手持ちの金もなくなり、無理にでも仕事に行かなければ今日食べるものもないということになり、ふらつく足で焼き芋を売りに出た。そんな体だからだろう、なんというとのない坂でつまずいて転び、足を挫いてしまった。親方に頼み込んで売り物の焼き芋をもらって、といってもあとで金を払うことになるのだが、足を引きずり引きずり家に帰った。

かび臭い布団に寝転がって、芋ばかり食べていると、なんとも言えず情けない気分になってくる。

そんな時に政五郎がひょっこりやってきた。急に入り用になったので、貸した金を返して欲しいと言う。

「そりゃあ無理だ。見てくれよこの足を」

太助が腫れた足を見せると、政五郎は通り一遍の慰めを言って、それならいい仕事がある、と橋本町《はしもとちょう》の賭場に連れて行かれた。

「座っているだけでいいから、おめえにもできるよ」

政五郎が言うように座ってやる仕事だが、それはいかさま賭博の手伝いだった。楽をして金を稼げるので、足が治っても賭場に通い続けた。そのうちに長屋のだれかが教えたようで半次郎が聞きつけて、賭場には行かないと約束させられた。金を貸すと言われたが、半次郎から借りるなどという情けないことができるわけがない。

だが……。

あの時に、半次郎の言うことを聞いていればよかったのだ。

長屋の連中が政五郎を寄せ付けないので、政五郎は口笛を吹いて太助を呼び出すようになった。何度か賭場に通ったある日、政五郎は別の仕事を持ってきた。今度の仕事は真夜中の日本橋《にほんばし》だ。また、いかさまの博打かと思ったら押し込み強盗の見張りだった。

日本橋の菓子屋、大和屋の主人が殺されたと知ったのは翌日だ。

どうしていいのかわからなくなった。自分が人殺しに加担してしまったという罪の重さに、耐えられなかった。

家にいれば政五郎が何度でも太助を呼び出しに来る。それででたらめに江戸の町を歩き回ったりもした。昼も夜もわからなくなり、気がつくとやっぱり自分の家に戻ってきてしまっていた。

人が死んで、太助はようやく目が覚めた。もう政五郎の誘いには決してのらないと心に決めた。しかし政五郎は口笛を吹いて太助を呼ぶのだ。

太助は布団の中で目を固くつぶり、両耳を押さえた。そうすれば口笛の音が消えてなくなるとでもいうように。

「やめてくれ。もう勘弁してくれ」

太助の悲痛な叫びは布団の中で低くくぐもり、消えていった。

「どうしたんだよ。おまえたち。あんなに仲がよかったじゃないか」

徳造は庭箱《にわこ》の中のカナリアに、弱り切った声で話しかけた。雑居籠《ざつきょかご》に入れているカナリアは、今は八羽だ。そのうちの二羽がとても仲がよかったので、巣引きさせることにしたのだが、巣引き用の鳥籠に移したとたん、喧嘩《けんか》ばかりするようになった。

「こっちの、体が大きくて黄色の濃いのが雄よね。よく鳴くし声も大きいもの。こっちは雌だと思ったけど雄だったのかしら」

お遥は徳造の後ろから、鳥籠の中をのぞき込んで言った。

「こっちのほうを別の鳥に取り替えてみようか」

徳造の丸い背中が少し縮《ちぢ》んだように見えた。庭箱を用意し、徳造が皿の形に藁《わら》を編んで作った皿巣も用意した。それなのに二羽は少しもむつみ合うことがないので、徳造が落胆するのもよくわかる。

「でも、こっちはどう見ても雌よね。もう少しようすを見たらどうかしら」

徳造は難しい顔で、「そうだね」と言った。

「だけどね。もしこの二羽が雄同士だったら、ひどい時には殺し合いになることもあるんだ。だからお遥も気を付けて見てやっておくれね」

「わかった」

お遥は神妙な顔でうなずいた。

と、そこへ半次郎がやってきた。仕事の帰りに太助の長屋を見舞ったところだと言う。

「太助さん、どんなようすでしたか？　このあいだはふらふらしていたけど」

半次郎は悲しげな顔で首を横に振った。

「横になって寝ていたよ。何日もなにも食べていないようだった。それで俺が稲荷寿《いなりず》司《し》を買いに行って、戻ってみると入り口に心張《しんば》り棒がかってあって、入れなくなっていたんだ」

半次郎は、稲荷寿司を買ってきたから開けてくれ、と戸を叩きながら呼んだが、太助から帰ってきた返事は、もうおまえとは友だちじゃないから二度と来ないでくれ、というものだった。

「ええっ、どうして？」

二人は幼なじみで、うらやましいほど仲がよかったはずだ。

半次郎がこんなにも悲しい顔をしている理由がわかって、お遥も泣きたくなった。

「稲荷寿司は隣のおかみさんに預けてきたけど、あのようすじゃ戸を開けないかもしれない」

「やっぱり大和屋の事件と太助さんは関係があるってことなのかい？」

徳造はお遥から、太助が言っていたのは押し込み強盗のあった大和屋のことではないか、と聞いていたのでひどく心配そうに訊いた。

「大和屋？　なんですそれは」

「知らないのかい？　大和屋っていうお菓子屋さんで押し込みがあって、そこの主人が殺されたんですよ」

「太助さんがうちに来た時に、『大和屋』ってつぶやいていたんです。その時はなんのことかわからなかったんですが、そこに押し込みが入ったって聞いて……」

「太助さんが、そこに入った賊の一味だっていうんですか？」

半次郎にあらためてそう言われると、途方もなく重大なことに思えて三人とも口をつぐんだ。なんとも言えない重苦しい空気がたれ籠めて、お遥は息苦しくなった。

「どうした、いやに不景気な顔をしているじゃないか」

八田伊織《はったいおり》がいつもの着流しで、ふらりとやってきた。伊織は御旗本《おはたもと》、八田宗右衛門《そうえもん》の嫡男《ちゃくなん》で鳥見役《とりみやく》を務めているお役人だ。

三人はびくりとして口を閉ざした。太助が大和屋の事件に関係していると知ったら、立場上放っておく訳にはいかないだろう。

「なんだ。どうしたんだ」

伊織は怪訝《けげん》そうに三人の顔を見回した。

「ううん。なんでもないの」

お遥は笑顔を作って言ったが、うまく笑えなかった。

「なんだか変だぞ。なにかあったのか？」

「いいえ。なにもございません」

徳造と半次郎が大きくかぶりを振る。

「伊織様、どうぞ」

お遥は話をそらすために、宗仙のところでもらってきた饅頭を差し出した。お遥があまりにも美味しいというので、宗仙が持たせてくれたのだ。お種と一緒に食べようと取ってあったのだが致し方ない。

「おっ、これは笹ノ屋の饅頭ではないか」

伊織は好物だったらしく、相好《そうごう》を崩《くず》して手を伸ばした。半次郎と徳造にも勧め、お遥も一つ取って口に入れた。

お種にあげるのを知っていた徳造が、饅頭を手に困った顔で突っ立っていた。


お遥は握り飯と煮豆を持って、元赤坂の太助の家へ急いだ。何日ご飯を食べていないのかわからないが、すぐにでも食べさせてあげなければ、太助が死んでしまうようで気が急《せ》くのだった。

諏訪坂《すわざか》を下って赤坂御門を抜け、少し行くと太助の長屋がある。木戸をくぐってすぐのところが太助の家だ。

「太助さん。遥です。こんにちは」と入り口の戸を叩いた。中からはなんの音もしなかった。戸を開けようとしたが心張り棒がしてあるようで、ピクリとも動かない。

「おにぎりを持ってきたんですよ。それと煮豆も」とまた戸を叩いた。

「太助さん。具合悪いの？　ねえ、大丈夫？」

それでも返事はない。だんだんと不安になってきた。ものを食べていないので、動けなくて声も出ないのかもしれない。それともお遥が来るのが一足遅く、太助は冷たくなっているのだろうか。

そんなふうに考えると泣きたくなってきた。

「太助さん。もう死んじゃったの？　どうしよう。私がもうちょっと早くおにぎりを持ってくればよかったのに」

お遥は子供のように声をあげて泣いた。しゃがみ込んで泣きじゃくっていると、ガラリと戸が開いた。

「入れよ。恥ずかしいじゃねえか」

「あ、太助さん。生きてた。よかった」

笑顔を見せたお遥に太助は、「今泣いたカラスがもう笑った」と呆れたように言った。太助は無精《ぶしょう》ひげが生えているものの、わりと元気そうだった。少なくとも死にそうな感じではない。

涙を拭いて薄暗い部屋の中に入ると、プンとすえた臭《にお》いがする。

お遥は腰高障子を開け放して箒《ほうき》を握った。

「なんだよ。握り飯を食わしてくれるんじゃないのかよ」

「まずはお掃除です。こんな汚いところで食べたら病気になりますよ」

お遥は万年床だった布団を箒の柄《え》でバンバン叩いた。

おびただしい埃《ほこり》が舞い上がる。

「あ、こんなところで布団を叩くんじゃねえよ」

「じゃあ、外へ持って行ってお日様に当ててください」

太助が布団を持って外に出ると、お遥は四畳半の部屋をざっと箒で掃いた。太助は外の物干しに布団を引っかけてきたらしい。煎餅《せんべい》のような薄い布団なのでそんなこともできるのだ。

部屋の真ん中に、お遥は竹皮に包んだ握り飯と煮豆を置いた。太助の家は膳《ぜん》もないらしい。

「さあ、食べて。家もきれいになったし、これを食べたらきっと元気になるわ」

「なあ、お遥ちゃん。寒いから表の戸を閉めてもいいだろう？」

「だめ。まだちょっと臭いもの」

お遥は湯を沸かし、湯飲みに白湯《さゆ》を入れて渡した。

太助が食べているあいだに、布団を取り込み表の戸を閉めた。

太助はこちらに背を向けて黙って食べている。「美味しい？」と訊こうとして前に回ると、握り飯を持ったまま、太助は泣いていた。

泣きながら握り飯を頬ばり、涙と鼻水を一緒にこぶしで拭《ぬぐ》った。お遥は黙って懐紙《かいし》を渡した。

「もう、俺のとこに来ちゃだめだ」

涙を振り切るような切ない声だった。

「どうしてそんなこと言うの？」

お遥も涙がこみ上げてきた。

「俺はもう、まっとうな人間じゃないんだ」

「太助さんがまっとうかどうか知らないけど、私は太助さんが好きよ。太助さんがまっとうじゃないなら、そういう太助さんのこともみんなは好きなんだと思うわ」

「なに言ってるか、ちょっとわかんねえな」

太助は目をパチパチさせた。

「だから、もし太助さんが間違って悪いことをしたとしても、私たちは友だちだよって言いたいの。半次郎さんだって、きっと同じ気持ちよ」

半次郎の名前が出ると、太助は苦しそうな顔になった。

「俺には資格がねえ」

「え？」

「俺は半次郎の友だちの資格がないんだ」

「なぜ？」

「あいつがお美津ちゃんと祝言をあげて幸せになったってえのに、俺ときたら、なんだか心持ちが悪くてしょうがねえんだ。情けないやつだろう？　俺は二人が幸せになって嬉しいよ。それは間違いないんだ。それなのにどういうわけか腹がショボショボするんだ」

「腹が……ショボショボ？」

「そうなんだよ。ショボショボしてるってのに財布を掏《す》られて、その上叔父さんが死んじまって、その上……。こういうのを泣《な》きっ面《つら》に蠅《はえ》って言うんだよな」

「蜂《はち》ですよ」

「うん。とにかく嫌なことばっかり起きて、とうとう……」

「とうとう大和屋さんの押し込みにかかわってしまったのね」

太助は硬い表情でうなずいたかに見えた。

その時、遠くのほうで口笛が聞こえた。

ヒュッと短く澄んだ音だった。ヒュッ、ヒューと何度も聞こえる。

太助は頭を抱えてうずくまってしまった。

「またあいつだ。政五郎だ。俺を呼んでいるんだ。俺はもう嫌だ。嫌なんだよ」

ヒュッ、ヒュー。ヒュッ、ヒュー。

とうとう太助は震えだした。

「口笛のようだけれど……。私、ちょっと見てくる」

お遥が立ち上がると、太助は袖を掴《つか》んで押しとどめた。

「行っちゃだめだ。あいつは人殺しの一味なんだ。大和屋を襲って主人を殺したんだぞ。俺は押し込みの見張りをさせられたんだ。だけど誓って言うが、押し込みをやるなんて知らなかった。知らなかったんだよう」

最後のほうは悲鳴のように叫んだ。

「太助さん。待ってて、口笛の正体をはっきりさせるわ」

「え？　なんだよ。正体って」

太助の問いには答えずお遥は外に出た。井戸端を通って表通りの瀬戸物屋《せとものや》の店先で耳を澄ました。

ヒュッ、ヒュー。

店の奥のほうからかすかに聞こえる。

お遥は店の中に入って行って、売り物の埃を払っている主人に訊いた。

「こちらで、小鳥を飼ってはいませんか？」

「飼ってますよ。狭いんでほんの少しですがね」

「ちょっと見せてもらってもいいですか？」

眼鏡を掛けた丸顔の主人は、驚いてハタキの手を止めた。お遥が、自分は飼鳥屋をやっているものだと言うと、ぱっと笑顔を輝かして鳥のいる勝手口に案内してくれた。

鳥籠が四つ二段に重ねて置いてある。三つの籠にはメジロ、ヒヨドリ、ツグミがそれぞれ一羽ずつ入っている。残りの一つは庭箱で、中には番《つがい》の鷽《うそ》が入っていた。鷽は雌雄とも頭と翼《つばさ》の先、尾羽が黒い。雌は背と胸が薄茶色で地味な色合いだが、雄のほうは背が灰色、胸が鮮やかな赤色という美しい鳥だ。

二羽は止まり木に、寄り添うように止まっている。

「友だちが病気でね。世話ができないと言うんで、うちで譲り受けたんだ」

「巣引きさせてますけど、まだ時季じゃないですよね」

「そうなんだよ。友だちは凝《こ》り性《しょう》でね。毎年夜飼《よが》いをして卵を産ませていたんだ」

夜飼いというのは、冬のうちに遅くまで明かりを灯して餌を与えるのだ。そうすると小鳥は春が来たと勘違いする。ウグイスに早鳴きをさせるために、夜飼いをするのはよく聞くのだが。

「鶯は夏に北のほうで産卵して子育てをするんだけど、江戸で夏に子育てをするのは暑かろうってんで、少し早く産ませてあげるんだとさ」

「ご主人のお友だちは、お優しいんですね」

その時、雌がヒュッ、ヒューと鋭く鳴いた。雄はそれに呼応するように同じように鳴いたあと、複雑で深みのある音《ね》色《いろ》で優しく鳴き始めた。歌を歌うような綺麗な節回しだ。

「囀《さえず》りですね」

お遥が言うと、瀬戸物屋の主人はうなずいてにっこり笑った。囀りは求愛する時の鳴き方だ。この番は今年もきっと無事に卵を産むだろう。

お遥は太助の家にとって返した。口笛は政五郎の呼び出しなどではなく、鶯の鳴き声だったのだと教えた。

太助は口をあんぐりさせている。あまり理解できていないようだったが、とりあえずはほっとして肩の力を抜いたのだった。

それでも押し込みに加担したことには変わりはない。太助の表情は曇ったままだ。ことが大きすぎて、どうすればいいのかお遥にはいい知恵が浮かばない。

徳造と相談すると言って太助の家をあとにした。


羽が鳥籠に激しくぶつかる音がする。

朝ご飯を食べていたお遥と徳造は、はっとして顔を見合わせ、同時に土間に降りていった。

やはり二羽のカナリアが激しく争っている。雌と思っていた体の小さいほうは、胸のあたりに怪我を負っていた。

徳造は急いで籠の扉を開け、傷ついたカナリアを取りだした。

胸から血を流し、ぐったりしている。

「助かる？」

徳造は眉間《みけん》にしわを寄せて、「どうかな」と答えた。

「お遥。皿巣を出しておくれ、それに寝かそう」

「はい」

お遥は庭箱に手を入れ皿巣を摑もうとした。すると雄のカナリアがお遥の手をつついた。

喧嘩をした勢いでお遥の手も攻撃してしまったのだろう。

徳造のところに巣を持って行くと、「お遥。怪我をしたね」と申し訳なさそうに、しかし傷ついたカナリアから目を離さずに言った。

「大丈夫。ちっとも痛くないから」

血は出ているが大した傷ではない。

浅い木箱に藁を敷いて、そこに皿巣に寝かしたカナリアを置いた。徳造はカナリアの傷の手当てをしたあと、お遥の手当もしてくれた。傷薬を塗ったあと、大仰に布を巻いてくれる。

「やっぱり、どっちも雄だったみたいね」

「そうだね」

お遥と徳造は同時にため息をついた。仲のいい瀬戸物屋の鶯がうらやましかった。

「体が大きいほうが雄なのは間違いないよね。よく囀るようになっていたし、巣引きの時季としては、ちょうどいいと思うんだ」

「問題は雌よね」

気の立った雄はしばらくそのままにして、雑居籠にいる六羽の中から雌を見極めることにした。

お八つの時間になり、お遥は隣にお種を呼びに行った。

先日、取ってあった笹ノ屋の饅頭を伊織にあげてしまったので、わざわざ買ってきたのだ。いつもお菓子をもらっているお礼に、この美味しい饅頭をお種にどうしても食べさせたかった。

思った通り、お種は一口食べて目を丸くした。

「こんな美味しい饅頭は食べたことがないよ」

「そうでしょう？　私も宋仙様のところでいただいて、びっくりしたの」

「伊織様が食べてくれたおかげで、また食べられるよ」

徳造も福々しい顔をほころばせて饅頭を頬ばった。

「そうそう。亀戸《かめいど》の天神様《てんじんさま》で、悪いことが全部嘘《うそ》になっちまうお祭りがあるんだってさ。なんでも上方《かみがた》のほうで大変な評判だったんで、こっちでもやることになったらしいよ」

太助が天神様をお詣りして、去年からの悪いことがみんな、なかったことになったらどんなにいいだろう。

「どうしたんだい、お遥ちゃん。浮かない顔して」

太助のことを話していいものか迷った。だがお種にも相談してみることにした。徳造と何度も話をしたが、結局、いい知恵はなにも浮かばなかったのだ。

「太助さんのことなんだけど」

悪い仲間に誘われて賭場に行っていたところまではよかったが、押し込み強盗の見張りを知らない間にさせられていた、という話をした。

「ええっ。じゃあ、大和屋ってお菓子屋さんの大和屋だったの？　たしかあそこの主人が殺されたんだよね」

お種はぞっとした顔で眉根を寄せた。

「人殺しの手伝いをしてしまったって、もう大変なのよ。ご飯もろくに食べられなくなっちゃって」

「お遥とも話していたんだけど、お上に自首して出たら罪が軽くなるんじゃないだろうか。このままじゃ太助さんが、どうにかなってしまいそうだよ」

「私もそう思うの。だけど本当に罪が軽くなるのならいいんだけど」

押し込み強盗は獄門《ごくもん》だ。人を殺しているからもっと重い罪になるだろう。

「太助さんも大変なことをしでかしたものだね。自首して出たって罪が軽くなるものか。ただの見張りだとか、知らなかったとかいう言い訳が通るとは思えないよ。下手《へた》をすれば太助さんだって死罪だよ」

「じゃあ、どうすれば……」

「逃げるんだよ。捕まる前にどこか遠くへ」

「江戸を離れるっていうこと？」

お種は険《けわ》しい顔でうなずいた。

そこへ伊織がまたふらりとやって来た。お遥と徳造が、「きゃ」と小さく悲鳴を上げて飛び上がった。

「このあいだから変だぞ。俺になにか隠し事をしているんじゃないのか」

「隠し事なんてあるもんか。太助さんの話をしていたんだよ。あの人は、大和屋に押し込みが入った時に、そこで見張りをやらされていたんだとさ」

「お種さん」

徳造が悲鳴のような声を上げた。

「知らなかったんですよ。太助さんは押し込みをするなんて知らなくて、政五郎っていう人に連れて行かれたんです」

お遥は必死になって太助を庇《かば》った。とんでもないことをしてしまったと後悔していて、食べ物も喉《のど》を通らないくらいなのだと。

伊織は少しのあいだ腕を組んでなにかを考えていたが、ようやく重い口を開いた。

「大和屋を襲った首謀者は捕まったよ。今は取り調べの最中だ。厳しい詮議で少しずつ仲間が見つかって御縄になっている」

三人はぞっとして言葉を失った。それでは太助が捕まるのも時間の問題ということだろうか。

「穴熊の政五郎っていう人も捕まりましたか？」

「さあ、そこまでは。その政五郎というやつが太助を仲間に入れたのだな。太助はどこにいる」

「ええっと、それは」

お遥が口ごもっていると、伊織はもう体を半分店の外に出して、「太助をここに連れて来い。仲間が捕まった話はするな」と言った。

「それじゃあ、太助さんを御奉行所に差し出すっていうことなんですか？」

「このまま逃げ隠れしていても、いずれ捕まるだろう。俺にまかせろ。上手いこと言ってここに居させろ。どこにも行かすなよ」

「あたし……まずいこと言っちまったかね」

お種は、伊織が走っていく後ろ姿にそうつぶやいた。

「どうしようか」

「どうしよう」

出てくるのは三人とも同じ言葉ばかりだ。

「やっぱり太助さんに、逃げなって言ったほうがいいね」

お種は今にも太助のところに行ってしまいそうだ。

「だめ。そんなことをしたらお種さんだって、お咎《とが》めを受けるわ」

お遥はお種の袖を摑んで止めた。

「ここはやっぱり、伊織様を信じるしかないかもしれないね。俺にまかせろとおっしゃるんだから」

徳造の言うことがもっともだと思ったのか、お種も神妙な顔でうなずいた。

どうやって太助をここに連れてくるかを話し合った。

ご飯をご馳走《ちそう》すると言ってお遥が太助を連れてくる。その間、徳造は食事の用意をしておき、お種が半次郎を呼びに行く。半次郎を呼ぶのは、万が一太助が、なにかに気付いて帰ると言い出した時には力ずくで止めることになる。だが徳造だけでは心許《こころもと》ないというお種の発案だった。

徳造は米をとぎ始め、お種はさっそく出掛けて行った。

お遥も太助の家に向かったはいいが、足が重かった。嘘をついて呼び出すというのが、どうしても気が進まないのだ。

「どうしたんだよ。どこか悪いのかい？」

豆腐屋《とうふや》の前を通りかかると、おかみさんがいつものように腰に手を当てて出てきた。ただ、今日は心配顔だ。

「ううん。元気よ」

「じゃあ、どうして今日は駆けてないんだよ」

「あ、ええっと。これから駆けるとこ」

お遥は勢いよく走り出した。振り返って手を振ると、おかみさんも手を振り返した。

赤ん坊だった捨て子のお遥に、お乳をくれたおかみさんは、やっぱりお遥のおっかさんみたいな人だ。少しだけ心が元気になった。

太助を連れてかなりあ堂に戻ると、ちょうどご飯が炊けたところだった。徳造は煮魚と天ぷらを買って待っていた。

膳の上の料理を見て、太助は「うわ」と声を上げて無邪気《むじゃき》に喜んでいる。お種と半次郎が来ることは言っていないので、お預けをくらったかたちのおかしな間ができた。

お遥と徳造は目で合図をして、とりあえず食事を始めることにした。

「なんだか悪いな。こんなすごいご馳走」

太助はさっそく箸《はし》をとって天ぷらをつまみ上げながら言った。

「太助さんに元気を出してもらいたくてね」と徳造。

胸がちくりと痛んだ。

「俺、こんなによくしてもらって、どうやってお礼したらいいかわからねえよ」

「そんなこと気にしなくていいのよ。私たちはただ……」

お遥が言い終わらないうちに、太助は妙に晴れ晴れとした顔を上げた。

「俺、自首しようと思っているんだ。このまま、いつ捕まるかって思ってても、生きた心地がしないからなあ」

太助はどんな罪になるのだろう。伊織はまかせろと言うが……。

「俺、なんでこんなことになったのか考えたんだよ。そしたらよ。思い出したんだ。あの日の事を」

「あの日？」

「半次郎の祝言の日だよ。俺は嬉しいはずなのに、なんだかここんところが」

と太助は自分の胸を撫でた。

「スカスカしてな。嬉しいのと悲しい……違う。悲しいわけじゃない。ええっと、なんだろな。変な心持ちになって……」

「寂《さび》しい……じゃないですか？」

お遥は遠慮がちに言った。この間も、腹がショボショボするなどと言っていた。それは太助なりの寂しさの表現だったのだ。

「寂しい？　いや、寂しいわけないだろう。だってよ。半次郎がお美津ちゃんと夫婦になって引っ越ししたって、俺たちは友だちだ。そうだろう？　俺がこんなことになっちまって、もう友だちじゃいられなくなったけどよ。だけどあの時は、これからもずっと友だちだと……あれ……」

太助の目が潤《うる》んで、みるみる涙が溢《あふ》れてきた。

「変だな。なんで泣けてくるんだ」

拳《こぶし》で涙を拭《ぬぐ》うが、涙はあとからあとから溢れてくる。

「寂しいって当たり前だと思うわ。だれだって寂しいわよ。友だちには違いないいけど、ちょっとだけ今まで通りじゃないんだもの」

これまで仲がよければよいほど、それだけ三人の関係が変わってしまうのを寂しいと、だれだって感じるはずだ。

「そうなのか？　寂しいって当たり前なのか」

太助は天ぷらをご飯の上に載せて、豪快に掻《か》き込んだ。

「そうか。俺、寂しかったのか」

口の中のご飯を飛ばしながら言う。

「寂しかったから、政五郎なんかのあとをついて行っちまったんだな。紙入れを掏られた時に、親切にしてくれたんだよ。俺のことを見つけて、『太助じゃないか』なんて声を掛けてくれたんだ。暗いのによく俺がわかったな、って感心したよ」

「暗いのに、政五郎っていう人は太助さんのことがわかったの？」

「ああ、そうだよ」

「その前に、紙入れを掏られたのね。それから政五郎が現れた」

お遥は持っていた箸を太助に向けた。

「その掏摸《すり》は政五郎の仲間じゃないかしら」

「そうだよ太助さん。きっと仲間だ。最初から太助さんをはめるつもりだったんだよ」

　徳造も箸を振り回している。

「政五郎の住んでいるとことか、仲間とか、太助さんは知っているの？」

「そうだな。たしか下谷山崎町《したややまざきちょう》だと言ってたな。一膳飯屋《いちぜんめしや》の裏に住んでるって。仲間にも何人か会ってるよ」

　もし政五郎がまだ捕まっていなくて、太助が居場所を教えたらお仕置きに手心を加えてもらえるかもしれない。伊織だってついているのだ。きっと口添えをしてくれるに違いない。

　太助が無罪放免とならないまでも、罪が軽くなるのではという望みが出てきた。お遥はさっきまで重く苦しかった胸が、ほんの少し楽になった気がした。

「ごめんよ、遅くなっちまって」

　お種が半次郎を連れてようやくやって来た。

「半次郎さんがなかなか仕事から戻って来なかったんだよ」

「親方の家に呼ばれて、ちょっと将棋《しょうぎ》をさしてたもんで」

　半次郎が下げた頭を上げると、太助と目が合った。二人とも気まずそうに目を逸《そ》らす。

「さあ、半次郎さんもお種さんも上がって、ご飯を食べましょう」

膳の数が足りないので、お遥とお種、徳造と半次郎が一つの膳を二人で使った。

太助がこれから自首する、と言ったのでお種も半次郎も箸が少しも進まない。まるでお通夜《つや》のように湿《しめ》っぽかった。

「あれ、嘘なんだろう？　もう友だちじゃないって言ったの」

半次郎がぽつりと言う。

太助は下を向いたまま、なにも言わなかった。

「なあ、嘘だよな。俺はたとえ太助さんが前科者になったって、ずっと友だちだよ。太助さんが悪い人じゃないのは、俺が一番よく知ってるんだ」

太助は涙をこらえ、くしゃくしゃになった顔で、「ありがとうよ」と言った。

「だけど半次郎ともお美津ちゃんとも今生《こんじょう》の別れだ。俺は死罪になるに決まっている」

「そんなことない。だって……」

お遥が言いかけた時、数人の男たちが入って来た。一人は伊織だった。伊織の隣には十手を持った同心がおり、その後ろに下役が二人控えていた。

お種が「ひーっ」と細い悲鳴を上げた。自首すると腹をくくっていた太助も、のけぞって震えている。

「太助、おとなしく縛《ばく》につけ。正直にすべてを白状すれば悪いようにはしない」

伊織は重々しい声で言って、同心たちに小さくうなずいた。

捕り方は太助に縄を掛け引き立てた。

「太助さん。全部正直に話すのよ。政五郎のことも全部よ」

お遥が後ろ姿に声を掛けると、太助はわずかに振り返って、ガクガクと首を縦に振った。


お遥は亀戸の天神様に向かっていた。懐には鷽の人形が入っている。徳造が作ってくれた木彫りの人形だ。黒い頭に白く目を描き入れ、胸のところを紅《べに》で赤く染めている。手の中にすっぽりと収まる可愛《かわい》らしい人形だ。

お種が教えてくれた天神様のお祭りというのは、亀戸天満宮《てんまんぐう》の鷽替《うそか》え神事のことだった。凶事《きょうじ》を吉事《きちじ》に取り（鳥）替えて、悪いことは嘘（鷽）にしてしまおうということらしい。

それぞれが手作りの鷽の人形を持ち寄って、参詣人《さんけいにん》が袖《そで》の中で取り替えるのだ。替えれば替えるほど御利益《ごりやく》があるという。

太助は今、吟味《ぎんみ》を受けているところだ。伊織のおかげでそれほどひどい扱いは受けていないだろうが、牢《ろう》に入れられていることには変わりなく、さぞ辛《つら》く心細い思いをしているだろう。太助のおかげで穴熊の政五郎は御縄となり、大和屋を襲った一味は一人残らず捕まったらしい。それで太助のお仕置きは、江戸払いになるのではないかという。

お遥はそれを聞いて心底ほっとした。江戸払いは所払いよりも一段重く、品川《しながわ》や四谷の大木戸の外へ追放されるのである。それでも会おうと思えば半次郎やお美津と会うことだってできる。所払いなら住んでいる町から出て、そこへの立ち入りを禁止されるだけなのだが。

紅白《こうはく》の梅《うめ》が咲く境内《けいだい》には、もうたくさんの人が集まっていた。

「替えましょ。替えましょ」

人々は歌うように言いながら、鷽の人形を替えていく。

「替えましょ。替えましょ。鷽に替えましょ」

お遥も行き会った人と何度も人形を取り替えた。やっているうちに、太助の不運はまるでなかったことのようになって、これからいいことがたくさんやって来そうな気がしてくる。

『カナリアも今度はきっとうまくいく』

巣引きさせようとして失敗したカナリアは元気になり、新たに雌だと思われるのを庭箱に一緒に入れている。今度は喧嘩することもなく、仲良くなりそうな気配だ。

「替えましょ。替えましょ」

お遥が小柄な老女と鶯の人形を取り替えた時である。老女はお遥の手を強く握ってきた。見れば目が見えないようで、杖を突いている。

「お婆《ばあ》さん、大丈夫ですか？」

「あ、あ」

見えない目でお遥を見上げ、なにかとても驚いているようだった。お遥が、「どうかしたんですか？」と問い掛けようとすると、人の波に押されて老女の姿は見えなくなってしまった。

お遥は境内を出るために朱色の太鼓橋《たいこばし》を渡った。橋の上から振り返って見たが、やはり老女の姿は見えなかった。

第二話　付子《つけこ》

春らしい暖かな日が続いていたので、季節は順調に進んでいると思っていた。ところが今日は急に寒くなった。こんな寒い日に屋根に上がるのはおやめ、と徳造に言われたのだが、お遥は雀の栗太郎が来るのでは、と気になってこっそり屋根に上ったのだった。

だが、今日も栗太郎は姿を見せない。

心配しても仕方がない。もっといい餌場《えさば》を見つけたのだ。

そう自分に言い聞かせてみるが、心の中にどこからともなく寂しさが忍び込んでくる。

『今年は梅見《うめみ》にも行かなかった』

そんなつまらないことにも、なんだか無性《むしょう》に心が沈むのだった。

亀戸の天神様に、ちょうど梅の時季に行ったのだ。たしかに紅梅も白梅もそれは見事に咲いていた。見てはいたのだが楽しむ余裕はなかった。御縄《おなわ》になった太助のために祈ることに一生懸命だったのだ。

『あそこまで行って梅屋舗《うめやしき》の臥龍梅《がりゅうばい》を見てこなかったのかい？』

お種が自分のことのように残念がった。

亀戸天神に行った帰りに有名な臥龍梅を見てこようか、とちらりと思ったことは思ったのだ。だが、天神様の境内で会った盲目の老女のことが、心に引っ掛かって帰り道ではすっかり忘れてしまっていた。

伊織が言ったように、太助は江戸払いになった。会おうと思えば会えるところに太助はいるのだが、前のように市中にいて、いつでも会えるという気安さがなくなった分、やはり寂しさを感じるのだった。半次郎やお美津も、きっと寂しい思いをしているだろう。

「お遥、どこにいるんだい。ちょっとおいで」

階下から徳造の呼ぶ声がする。

お遥は急いで小屋根に下り、二階の窓から中に入った。居間に下りていくと徳造は、「お遥見てごらん」とお遥の手を取ってカナリアの籠のほうへ連れて行こうとする。

「おや、手が冷たいじゃないか。さては屋根に上っていたね。風邪を引いたらどうするんだい」

徳造は自分の手の中でお遥の手を温めた。いつまでも子供扱いをする徳造に、心の中で苦笑いをすることはあっても、煩《わずら》わしいなどとはこれっぽっちも思わない。むしろ徳造の気持ちをありがたく思う。

「ちっとも寒くないから大丈夫」

お遥が言うと、徳造は渋々《しぶしぶ》手を放した。

「見てごらん。雌のほうが藁の切れ端をくわえているよ」

巣引きさせている雌雄《しゆう》のカナリアは、今度は喧嘩することはなかったが、特に仲がいいわけでもなかった。また相性が悪いのだろうか、と徳造と心配していたところだったのだ。

雌は短い藁をくわえ、落ち着かないようすでウロウロと歩き回っている。これは雌が発情していることを示すのだ。

雌は全体が灰色をしている中に、黄色がわずかに混じっていて翼の先が黒い。地味な色をしているが立ち姿は強く美しい。極黄《ごくき》の、元気で声のいい雄との間にどんな仔が生まれるのか今から楽しみだ。

お遥と徳造が鳥籠の前で顔を見合わせ笑っていると、「なにやら楽しそうですね」

と後ろから声がした。振り向くとお佐都《さと》がにこにこして立っていた。

お佐都は、仕えている大名家のお方様のご気分がすぐれず、ずっと大変な日々を過ごしていた。体調もよくないようで顔色がすぐれなかったのだが、今日はとても元気そうだ。

「まあ、カナリアを巣引きさせているのですね」

お佐都も嬉しそうに鳥籠の中をのぞき込んだ。

「お佐都さん、少し元気になられたようですね。お万《まん》の方様のご機嫌《きげん》が麗《うるわ》しいのですか？」

お遥は嬉しくなって訊いた。お佐都の目の下にはクマがあり、こけた頬はまだもとに戻っていないが目が輝いている。

「お方様は相変わらずです。それでも私たちまで暗い顔をしていては、お方様がますます憂鬱《ゆううつ》になられると思いますし、梅吉《うめきち》も可哀想ですから」

お方様の飼っているオウムの梅吉まで元気がなくなってしまったのだ。去年、お方様がお生みになった竹丸《たけまる》様は平岡《ひらおか》家の跡継ぎなので、夏には上屋敷に住む御正室《ごせいしつ》と暮らすことになっている。

日に日に大きく愛らしくなっていくお子様を見るにつけ、皮肉なことにお万の方様は別れの日が近づく悲しみが大きくなっていくのだ。

「実は、もうすぐウグイスの……」

そう言い止《さ》して、お佐都は「うふふ」と嬉しそうに目を細めた。お佐都がこんなふうに感情を表に出すことは、めったにないのでよほど嬉しいことがあったらしい。

「ウグイス？　お佐都さんのウグイスですか？」

そういえばお佐都はカナリアを一羽飼っているが、ウグイスも飼いたいのだと言っていた。

「ええ。付《つ》け子《こ》に出しているのが、もうすぐ帰って来るんです」

付け子というのは囀《さえず》りの上手な成鳥《せいちょう》のそばで、その囀りを習う雛《ひな》のことをいう。成鳥のほうは付け親というが、当然ただではなく相応の謝礼は払わなければならない。

「それは楽しみですね」

お佐都はまた、「うふふ」と笑って、付け親というのが、あの豊穣《ほうじょう》なのだと言った。

「えっ、あの豊穣ですか？」

豊穣は昨年と一昨年に、番付の東の横綱《よこづな》になったウグイスだ。囀りの美しさは江戸随一《ずいいち》と言われている。あれほどのウグイスは当分現れないだろう。百年に一度、出るか出ないかの鳥だ、などと訳知り顔に言う者さえある。

「すごいですね」

我知らず声が高くなる。いつものお佐都に似ず、はしゃいでいる訳がわかった。

お遥は、店の上がり口に腰掛けたお佐都に麦湯を手渡した。

「よく豊穣の付け子になれましたね」

「お方様は太田屋《おおたや》さんのお得意様なんです」

豊穣の飼い主は本郷《ほんごう》の扇問屋《おうぎどんや》、太田屋の主人だとは聞いていた。その人が平岡様の御側室《ごそくしつ》、お万の方様が贔屓《ひいき》にしている店の主人だったとは。

「扇を納めにたまにやって来るのですけれど、帰り際にちょっとお話をしたのです。梅吉のことや私のカナリアのことなんかを。それからお方様を元気付けるにはどうしたらいいでしょう、という話になってウグイスを鳴かせてみたら、ということになったのです」

「豊穣の付け子なら、きっといい声で鳴くでしょうね」

「豊穣は大変な人気で、付け子になるには順番待ちだそうですね。お佐都さんは運がいい」

徳造はうらやましそうな口ぶりだ。

お佐都は麦湯を一口飲み、「豊栄《ほうえい》の囀りを聞きに来てくださいね」と言い置いて、足取りも軽く帰って行った。

「豊穣の付け子だから、豊栄っていう名前にしたんだね」

「お佐都さんが元気になってよかった」

徳造とお遥は、遠ざかっていくお佐都の姿を見送って、安堵《あんど》の笑みを浮かべたのだった。


それからしばらくしてやってきたお佐都は、どうしたわけかひどく気落ちしていた。

土間に並んだ鳥籠を、ぼんやり眺め回してはため息をつき、なかなか訳を話そうとしなかった。

「あのう、なにかあったんですか？」

お佐都はもう一度大きくため息をついて話し始めた。

「約束の日になっても豊栄が来ないのです」

それで何度か使いの者をやったのだが、どうも要領を得ない。それで今しがた太田屋に行って来たところだという。

「で、どうでした？」

「太田屋さんには会えませんでした。私のほかにもウグイスを預けている人が来ていて、金を返せなどと怒っていました」

店先で番頭が、「旦那様はだれにもお会いになりません」と頭を下げるばかりだったという。

「お佐都さんもお金を払っているんですか?」

「ええ。でも……」

お金の問題ではない、と言いたいのだろう。お方様をなんとか元気付けたい、という思いが宙に浮いて気落ちしているのだ。

お佐都は肩を落として帰って行った。

「せっかく元気になったのに」

豊穣の付け子ウグイスが、お方様だけではなくお佐都も元気にしてくれる、と望みを持っただけにお遥も残念でならなかった。

「まったくだねえ」

徳造も眉を曇らせた。庭箱《にわこ》の中で雄のカナリアが高らかに囀りを始めたが、今日はなんだか悲しげに響くのだった。

お遥は太田屋の店の前に来ていた。少し離れたところから店の中をのぞくが、お遥は太田屋の主人、武兵衛《たけべえ》の顔を知らなかった。だが店の中に主人らしい人は見当たらない。

お佐都から話を聞いて、居ても立ってもいられず太田屋まで来てしまった。代金だけを取って約束を果たさない武兵衛は、さぞかし強突《ごうつ》く張《ば》りな顔をしているだろう。その顔を見てやろうという気もあったが、ひょっとすると豊穣の鳴き声が聞こえてくるかもしれないという期待もあった。

しばらく店の前をうろうろしていたが、ウグイスを飼っているのは、家の奥だと気が付いて裏口にまわるために路地に入ろうとした。

「どなた？」

女の声に呼び止められ振り返った。千草色《ちぐさいろ》の縞縮緬《しまちりめん》をすらりと着こなした人がこちらを見ている。どうやら太田屋のお内儀《ないぎ》らしい。色黒で地味な顔立ちだが目は優しそうだ。

「あ、あのう……。すみません」

豊穣の鳴き声をなんとかして聞こうとするのは、なんだかいけないことのような気がして思わず頭を下げた。

「どうしたんです？　なにを謝っているの？」

「いえ、ええっと。私の知り合いがこちらにウグイスの雛を預けているのですが、約束の日を過ぎても雛が来ないと聞いたものですから」

「ああ」とお内儀の顔が曇った。

「それは申し訳ないことを」

丁寧《ていねい》に頭を下げるので恐縮してしまった。

「こんなところで立ち話もなんですから、そこの水茶屋《みずちゃや》で」

お内儀は太田屋武兵衛の女房、お槙《まき》と名乗り、お遥と連れだって歩き始めた。

床几《しょうぎ》に腰掛けてお茶を一口飲むと、お槙はふっと短く息をついた。

「お知り合いは、さぞ怒ってらっしゃるでしょうね」

「怒っているというよりも、とてもがっかりしています。大切なおかたにウグイスの声を聞かせるんだ、ってそれは張り切っていたので」

「お金はお返ししますと、どうか伝えていただけませんか」

「お金……。そうではなくて……」

豊穣の付け子になれるという嬉しさが、一転してかなわないとなった、この落差が堪《こた》えるのだとわかっているはずだが。

「みなさんそうおっしゃるのです。私はただ謝ることしかできなくて……」

お槙は声に疲れを滲《にじ》ませて言った。

「ようすがおかしいんですよ」

「ようすが？　豊穣のですか？」

「主人のです。もう、何日も顔を見ていません。一日や二日、豊穣の部屋で寝起きすることはあっても、こんなに長い間、部屋から出てこないなんて」

お槙は、愚痴《ぐち》めいたことを言ってしまった、と笑ったが悲しそうな顔だった。

どうやらだれかにこの話をしたかったようだ。店の奉公人に愚痴を言うわけにもいかないのだろう。それでお遥を水茶屋に誘ったのだ。

それにしてもウグイスと一緒に寝ることがあるなんて驚きだ。お遥にもその気持ちがわからないではないが、やはり変わり者の部類に入るだろう。

「付け子のことは、もう少し待っていただくか、できぬとおっしゃるのならお金はお返ししますとお伝えいただけませんか」

お槙は茶屋の娘に代金を渡し、帰っていった。

残されたお遥は、お佐都になんて言おうかとため息をついた。

かなりあ堂に帰りかけて、お遥は足を止めた。

やっぱり豊穣の声が聞きたい。どんな事情があるのか知らないが、せっかくここまで来たのだ。このまま帰るのはなんとも残念だ。

そっと路地に入り人のいない時を見計らって、裏木戸のところまで足音を忍ばせてやって来た。年季の入った黒い木戸をそっと押してみると音もなく開いた。ぎょっとして手を止め、あたりを見回す。

だれもいない。

お遥は細く開けた戸に体をすべり込ませた。鬱蒼《うっそう》とした植栽の向こうに土蔵の白壁がそそり立っている。

庭はしんと静まりかえっていた。

耳を澄ますと何種類かの小鳥の声が、土蔵の向こうから聞こえてくる。その中にウグイスの声はないかと、歩を進めた時だった。何者かがお遥の腕を摑んだ。

はっとして振り向くと、見知らぬ男が怖い顔をして立っていた。年は徳造と同じくらいだろうか、三十を少し過ぎたくらいだ。なんとなく同業ではないかという気がした。

「おまえ、この店の者じゃないな。ここでなにをしている。可愛い顔して、こそ泥か」

「こそ泥……」

頭に血が上って言葉に詰まった。

「この家がどういう家かわかって入って来たのか？　目的はなんだ。まさか……」

どうやらこの男も、太田屋の身内というわけではないらしい。なぜなら、さっきからずっと声をひそめているからだ。

「あなたこそ、なんでよその家の庭に入っているんです」

お遥も負けずに言い返した。

「盗人猛々《ぬすっとたけだけ》しいとはこのことだな。あきれた娘だ。俺はあんたがここに忍び込むのが見えたんで、あとを追ってきたんだ。ここには江戸の宝がいるんだ。おまえなんぞにはわからないだろうけど」

「知ってます。ウグイスの豊穣でしょう？」

男の顔がさらに険しいものになった。

「知っていて忍び込むとは。さては豊穣を盗みに来たのか」

「違います」

思わず声が高くなる。

「私はただ、豊穣の声がちょっとでも聞こえないかと思って……」

その時、右手の縁側の障子が開いてお槙が現れた。

「まあ、あなたは……」

「おかみさん。怪しい娘が……」

男はお遥の腕をひねり上げて、得意そうに言った。

「相模屋《さがみや》さん。乱暴はいけません」

「しかしこの娘が」

「相模屋さんって相模屋茂平《もへい》さんですか？　私、かなりあ堂の遥です」

お遥は腕を振りほどき、そう言った。

同業者なら自分がここにいる訳をわかってもらえる気がした。ところが予想に反して茂平はさらにいきり立った。

「かなりあ堂の？　おまえ、それじゃあ……うちのお得意様を横取り……」

「まあまあ相模屋さん。こんなところで立ち話もなんでしょう。ご同業ならうちの縁側をお貸ししますから、ゆっくり話をしたらどうですか？」

お内儀はお遥に、「ねえ」と微笑《ほほえ》んだ。

「あなた、かなりあ堂さんだったのね」

縁もゆかりもない娘だからこそ家の内情を話したのに、と言いたげにお槙は苦笑いをした。

「すみません。私……」

「なんだよ、おかみさんと顔見知りだったのかよ」

茂平はふくれっ面《つら》で、どすんと外縁《そとえん》に腰掛けた。

「私、泥棒じゃありませんから」

お遥も隣に腰掛けながら言った。あかんべえでもしてやりたい気分だった。

「いいや、泥棒と同じだ。俺がどんな苦労をして豊穣の餌をいつも用意していたと思うんだ。それを急にいらないなんて、言われて黙っていられるか。おまえんとこに替えたんだな。いったいどんな手を使ったんだ」

茂平は息もつかずに言い終えると、返答によってはただではおかない、というように足を組み、袖をめくりあげた。

「餌をいらないって言われたんですか？」

「そうだよ。急に言われたんだ。豊穣の餌はとにかく特別なんだ。お百姓と申し合わせて、冬でも丸々と太った青虫やミミズや青菜《あおな》がとれるように、座敷の中に畑を作らせているし、豊穣が食べる木の実は特別な肥《こえ》をやって、とびきりな味の滋味《じみ》たっぷりのものに工夫させている。急にいらないなんて言われたら、こっちは大損だ」

「へええ。豊穣の餌にそこまで……。でもうちじゃありませんよ。どこかよその飼鳥屋に鞍替《くらが》えしたんじゃありませんか」

相模屋さんが意地悪だから、という言葉を飲み込んで、お遥はぷいと横を向いた。

「それじゃあ、あんたはなんでここにいるんだ」

お遥は知り合いがここにウグイスの雛を預けていることと、なんとか豊穣の声が聞けないものかと、つい庭に入り込んでしまったことを話した。「すみません」と改めて頭を下げお槙の顔を見ると、唇を引き結んで険しい顔をしていた。

餌をいらないと言われた、という話を聞いてからお槙のようすがおかしかった。茂平の言葉にはっと息を呑む音が聞こえたし、そのあとはなにかをじっと考えているような目をしていた。

「あのう、お槙さん。もしや豊穣は……」

お槙は鋭い目でこちらを見ると、お遥にだけわかるように小さく首を横に振った。

豊穣は生まれた時から特別な鳥だった。それまで育てたどのウグイスにもない気品のようなものがあった。

まだ羽も生え揃わないうちから、武兵衛は挿《さ》し餌《え》で育てたのだ。夜中も一刻《いっとき》（二時間）ごとに餌をやった。寒い日には手の中で寝ずに温めた。すると豊穣は武兵衛に恩義を感じているかのように、黒く濡れた目で武兵衛を見つめたものだった。

成長するにつれて豊穣の気高さと賢さは、いよいよ際だっていった。

そしてなによりも声がいい。柔らかくふくらみがあり繊細で透明感があって余韻《よいん》がある。藪《やぶ》ウグイスの鳴き声にはこういった余韻はない。野趣にあふれ黄色く力強い声もそれはそれで悪くはないが、やはり子飼いのウグイスは格別だ。

豊穣の声の美しさはさることながら、節《ふし》がまた素晴らしく正当な文字口《むじぐち》である。「ホー」と高い音で始まり、「ホホホホ」と充分に間を取って「ホケキョウ」と長く余韻を引いて結ぶのだ。

文字口に対して仮名口《かなぐち》がある。仮名口は結びが「キョウ」ではなく「キヨ」と鳴くものだ。本来どちらがいいというものではないが、今の江戸でもてはやされるのは文字口のほうである。

ウグイスに限ったことではないが、鳥はその土地土地で鳴き方に違いがある。元禄《げんろく》の頃、京から下向した寛永寺《かんえいじ》の門主が、江戸のウグイスは鳴き声が武骨で訛《なま》りがある、と京都からウグイスを運ばせ放鳥したのでそのあたりは鶯谷《うぐいすだに》と呼ばれ、ウグイスの名所となったそうだ。

その当時、江戸のウグイスがどんな鳴き方をしていたのか、今となっては知るすべもないが、豊穣のような文字口の節は、いかにも京好みという気がする。

武兵衛は、豊穣が初めて鳴き声を聞かせてくれた日のことを思い出して頬を緩めた。

春の、とりわけ暖かな日だった。鳥籠の中でぐずぐずと口の中でつぶやくようなぐぜりが聞こえた。ぐぜりは囀りが完成するまでの、いわば練習だ。それがしばらくつづいたあと可愛らしい声で、豊穣は「ホ、ケキョ」とたどたどしく鳴いた。

その声を聞いた途端、武兵衛は胸が苦しくなって涙が溢れそうになった。

何度思い出しても、そのたびに胸が熱くなる。

「お食事、ここに置きますね」

扉の向こうからお槙の声が聞こえた。

「ああ」

少しして武兵衛は食事を取るために立ち上がった。扉のところまで行き、開けようと手を伸ばした時だった。

「おまえさん。たまには顔を見せてくださいな。もう何日もここに籠もったきりじゃありませんか」

「なんだ、まだいたのか。はやくあっちへ行け」

「奉公人たちも心配しています。豊穣の世話なら自分がやりますから、と言ってますよ。おまえさんは少し休んでください」

「うるさい。わしの勝手だ」

武兵衛は怒鳴りつけた。大きな声を出せば、お槙も店の者も簡単に黙らせることができる。

ところが今日は、お槙はひるまなかった。

豊穣の世話をするのは主に武兵衛だが、時にはお槙と鳥の好きな小僧の吉松《よしまつ》もやる。吉松は先日、不都合があって店を辞めさせたばかりだった。

「でも、おまえさん。もし豊穣の具合が悪いのなら、みんなで世話をしたほうが、いいのじゃありませんか？　こんな時こそ……」

「黙らんか。わしはわしのやりたいようにやる。口出しをするな」

大音声《だいおんじょう》で怒鳴ると、向かい側の鳥部屋から鳥の声が消えた。今度はお槙もあきらめたようで、衣擦《きぬず》れの音が遠ざかっていった。

武兵衛は扉を開け一汁一菜《いちじゅういっさい》が載った盆を手に取った。豊穣の籠の前まで戻って来て座り、箸《はし》を取ることもなく、しばらくぼんやりしていた。

武兵衛は鳥籠の中をのぞき込んだ。

豊穣は鳥籠の底に横たわっている。首を伸ばし、あの美しい声で鳴いていた姿そのままに嘴《くちばし》を開け、足先はなにかを掴もうとするかのように虚空《こくう》に伸びていた。

「おまえさんのとこでなきゃ、どこの店なんだ」

茂平はさも憎々しげに言った。

「え？」

「だから、うちを出し抜いて豊穣の餌を納めている店だよ。かなりあ堂でないなら、いったいどこなんだ」

まだそんなことを言っているのかと、可笑《おか》しいのを通り越して呆《あき》れてしまった。

お槙のようすから、豊穣になにかあったのは間違いない。考えたくはないが死んでしまったのではないかと思う。

「あそこの旦那さんは体の具合が悪いみたいですよ。だから別の人が豊穣の世話をしているんじゃないですか。それで餌も相模屋さんの餌じゃなくて、普通のを使っているんですよきっと。旦那さんが元気になれば、またそちらから買うんじゃないでしょうか」

かなりいい加減なことを言ったのだが、茂平は「そうかもしれないな」などと納得してしまった。

「太田屋さんとのお付き合いは古いんですか？」

太田屋武兵衛はなぜ豊穣が死んだことを隠すのか、その訳を知る手がかりが欲しくて訊いた。

「親父の代からの付き合いだ」

「そんなに前から太田屋さんではウグイスを飼っていたんですか？」

「いいや。武兵衛さんの親父さんはずっとコマドリを飼っていたんだ。だけど武兵衛さんが十七の年に親父さんのお供で京の都に行ったのさ」

商売を学ぶために同行した武兵衛だったが、伏見宮《ふしみのみや》様の御殿に伺《うかが》った折、第三王女の淑宮《よしのみや》様に会った。偶然にも淑宮様はウグイスを飼っておられた。それは普通のウグイスではなく鳴き合わせ会で一番を取るほどのウグイスだった。

武兵衛は宮様のウグイスの仔をもらう約束をして江戸に帰ってきた。ウグイスの仔は約束通り武兵衛のもとに送り届けられ、それが豊穣の三代前のウグイスなのだという。

「武兵衛さんはそれがとっても自慢でね。何度も聞かされたよ。どうやら宮様に惚れていたみたいだ。俺が思うに初恋の人なんだろうな。今でも、年に一度や二度、御文をいただくのだそうだ。で、このたび江戸にいる宮様の乳母だった人にウグイスを差し上げることになったのだそうだ」

茂平はなぜか自分のことのように自慢げだった。

豊穣は死んでいるのではないかなどと、とてもじゃないが言えない。

茂平と別れてかなりあ堂に帰ると、お種が来ていた。今日はお得意様からもらったのだ、と言って草餅《くさもち》を持ってきていた。

「どうしたのさ、浮かない顔して」

お遥はお佐都が太田屋にウグイスを預けていることや、そこのお内儀、お槙に会ったことなどを話した。

「そりゃあ、死んじゃってるんじゃないのかい？　可哀想だけどさ」

「そうよね。いつまでも隠し通せることじゃないのに」

「お遥、桝屋《ますや》さんにこれを届けてくるよ」

徳造は小さな包みをひょいとあげて店を出て行こうとした。だが振り返って、「そういえば去年の付け子ウグイスは、桝屋さんのとこにいるんだった」と言った。

「兄さん、それ、私が届けてもいい？」

太田屋で聞けなかった声が、桝屋で聞けるかもしれない。

「ウグイスの声が聞きたいんだね」

徳造にはすべてお見通しだ。包みを受け取って店を出ようとすると、お種が呼び止めた。

「これを食べてお行きよ。せっかく持って来たんだからさ」

お遥は草餅を一口で食べて、「ごちそうさま。行ってきます」ともごもごと言った。

口一杯に草餅を詰め込んだまま店を飛び出すと、うしろからお種の声が聞こえた。

「行儀が悪いねえ。豆腐屋のおかみさんに見つかったら、またお小言《こごと》を食らっちまうよ」

桝屋は麴町の表通りにある繰綿問屋《くりわたどいや》だ。かなりあ堂からはすぐのところだった。

店には客が来ていて主人となにやら話し込んでいた。お遥が裏手にある勝手口に回ろうとすると、主人の激した声が聞こえた。

「無理を言っちゃいけません。訳も言わずに貸してくれだなんて冗談じゃない」

「しっ、声が大きい。内緒でと言ったじゃないか」

その割に客の声も大きかった。

「どういうことかもわからずに、はいそうですかと貸す人はいないでしょうよ。お金を積まれたって貸せませんよ」

主人は相当に頭にきているようで、客の胸をどんと突いた。

「なにをする」

客のほうも負けずに主人の肩を拳固《げんこ》で殴《なぐ》った。

「豊穣の飼い主だからって、いい気になるなよ」

お遥はそれを聞いて、つい店の中に入ってしまった。

二人はもう、つかみ合いが始まりそうなくらいに激昂《げきこう》していた。だれかに仲裁《ちゅうさい》して欲しいが運悪く周りにはだれもいなかった。喧嘩をしている大の男を、お遥が止められるとは思わないが、豊穣の名前が聞こえては素通りできない。

「あの、喧嘩はだめですよ。旦那さんは太田屋さんですよね」

お遥が割って入ると、太田屋武兵衛は怒った顔のまま振り返った。下駄のように真四角な顔で、眉が濃く太いのでちょうど鼻緒《はなお》のようだ。いかり肩で首が短いために頭が体にめり込んでいるように見える。

武兵衛はお遥を見ると一瞬おどろいた顔になった。

「おまえさんは……だれだね」

訝《いぶか》るような不思議がるような声だった。

「私はかなりあ堂の遥です。お佐都さんの知り合いで、それで……今日、そちらに行ったんです。ええっと、お槙さんにもお会いして、それで……豊穣は……」

「似てると思ったが、よく見たら違った」

とお遥の言葉を遮った。そして桝屋に、「また来るよ。あんたの言い値でいいから考えておいてくれ」と言った。

外に出るよう武兵衛に促されたお遥は、「これ、お届けものです」と慌てて桝屋に包みを渡した。

「あのう、豊穣は……」

「言うな」

武兵衛はぴしゃりと言って歩き出したが、なぜかお遥に歩調を合わせているのだった。黙っているのは気まずいが、なにかを言えばまた叱《しか》られそうだ。

しばらくそうやって並んで歩き、お堀まで来た時だった。武兵衛が急に口を開いた。

「宮様はほんとうに可愛らしいお方だった」

「え？」

「伏見宮家の淑宮様だ」

「ああ、相模屋さんから聞きました。旦那さんの思《おも》い人《びと》なんでしょう？」

「馬鹿。なにを言っておる。わしはそんな……」

武兵衛は赤くなって慌《あわ》てている。

「似てるって、私が宮様に似てるってことですか？」

「いや、ぜんぜん似とらん。宮様はそんなお転婆《てんば》じゃないからな。目がぱっちりしているところは、似ていなくもないがそれは上品で奥ゆかしくて、お優しいお方だった。わしも宮様も十七。おまえさんくらいの年だった。宮様からいただいたウグイスのひ孫が豊穣なんだ」

「その豊穣の付け子ウグイスを宮様の乳母だった人に差し上げるのですね」

「相模屋はそんなことまで言ったのか。あのお喋《しゃべ》りめ。乳母というお方はご病気なんだ。もう長くないらしい」

武兵衛は悲痛な面持ちで黙ってしまった。

死の床にある人に、豊穣が死んだなどと不吉なことは言えない。それで武兵衛は豊穣の死を隠していたのだろう。

「去年の付け子で節を習わせるんですね」

「豊穣には及ばないが、背に腹は代えられない。それを桝屋は訳を言えなどと偉そうに」

「どうしてですか？　ちゃんと訳を話して頭を下げて頼んだら、承知してくれるんじゃないですか？」

「なんでわしが頭を下げなきゃならんのだ。そもそも豊穣を死なせてしまったのは吉松だ」

武兵衛ははっとして口を押さえた。

「やっぱりそうなんですね」

「あいつが……あいつが水浴びをさせたあと、急に具合が悪くなったんだ。鳥が好きだというから、豊穣の世話を手伝わせてやったのに」

武兵衛は真っ赤になっていきり立ち、顔も見たくないから店を辞めさせたと吐き捨てた。

「水浴びをさせたあとに……。その日は寒い日でしたか？　それとも体調が悪かったとか」

「いや、寒い日に水浴びをさせるわけがないし、体調が悪いならわしが気付いているはずだ」

「そうですよね。豊穣だって具合が悪ければ、水浴びしなかったでしょうし」

お堀端の柳《やなぎ》にはカワラヒワがいて、キリコロコロと可愛らしい声で鳴いていた。

水浴びをした時には、豊穣の具合は悪くなかったということだろうか。

「吉松が無茶をしたに違いないんだ。あいつにまかせるんじゃなかった。あいつは、『水浴びが終わりました』なんて涼しい顔で言いに来た。わしが豊穣を見に行くと鳥籠の隅でうずくまっていた。ちょっとおかしいな、とその時に思ったんだが、すぐにいつものように止まり木に戻ったんで、あまり気にしなかった。だけど、その日の夜だ。口を開けて苦しそうな息をし始めた。それに体も震えているんだ。手の中で温めて撫《な》でてやったが、だんだんと息が弱くなる。このままじゃいけない。相模屋を呼びにやろうと思った時だ。豊穣が大きく痙攣《けいれん》したかと思うと、息絶えてしまった」

武兵衛は、そこに豊穣がいるかのように両手の中をのぞき込んで涙を流した。

「あっという間のことだった。なにもしてやれなかった。死んだことが信じられなくて、わしは何日も豊穣の亡きがらのそばで寝起きした」

武兵衛はしくしくと泣いている。厳《いか》つい顔をしているし怒りっぽい人だが、鳥が好きな優しい一面もあるのだな、とお遥ももらい泣きをした。

「吉松さんは、どんな無茶をしたのでしょう。そのことは吉松さんに訊いたんですか？」

「いや、訊いてない」

「怒って、いきなり辞めさせたんですね。吉松さんの話も聞かずに」

武兵衛はばつが悪そうな顔をした。

鳥好きの吉松が、豊穣が死に至るような無茶なことをするだろうか。

「吉松さんは家に帰したんですね。家はどこですか？」

「吉松の家か？　どうして……」

「訊きに行きましょうよ。どんなふうに水浴びをさせたのか。その時、豊穣がどんなようすだったのか。知りたくないですか？」

「そんなことを知ったって、豊穣はもう……」

「それはそうですけど、どうして豊穣が死んでしまったのか、私は知りたいです」

お遥がきっぱりと言うので少したじろいで、「吉松の家は下谷山崎町《したややまざきちょう》だ」と答えた。

武兵衛は辻駕籠をひろい、お遥と一緒に下谷に向かった。お堀端を抜けたあとしばらく行くと不忍池《しのばずのいけ》が見えてきた。ここまで来れば下谷はすぐそこだ。

大きな寺が建ち並ぶ静かな道を過ぎ、町家が窮屈そうにひしめくあたりで駕籠を降りた。

「そういえば、鶯谷が近いですね」

「ああ、あのあたりだろうな」

武兵衛は遠くこんもりとした森を指さした。

「その向こうが寛永寺だ」

鳥好きな吉松が、ウグイスの名所と言われる所のそばで育ったと思うと、なにか不思議な縁を感じる。

「おい。大工の吉三《よしぞう》の家はどこだ」

武兵衛は走りすぎて行く町飛脚《まちびきやく》に声をかけた。

「知らねえよ」

町飛脚は振り向きもせずに、言い捨てて走って行った。

「なんだあいつは。失礼なやつだ」

「忙しい人に訊いてもだめですよ。それに人にものを訊ねる時は、もっと丁寧に」

武兵衛は、「ふん」と鼻を鳴らして横を向いてしまった。

「いいです。私が訊きますから。大工の吉三さんというのが、吉松さんのお父さんなんですね」

お遥が近くの煙草屋《たばこや》に入って訊ねると、すぐに教えてもらえた。

「こっちですよ」

煙草屋から二町ほど先の、漬物屋から路地に入った裏長屋に住んでいるという。

教えられた路地に入り、井戸を過ぎたあたりの家の前で、十三、四の男の子がねんねこ半纏《ばんてん》を着て背中の赤ん坊をあやしていた。

「おい、吉松」

武兵衛が声をかけると、男の子は振り返ってびくりと飛び上がった。そして青くなって震え始めた。整った目鼻立ちをした賢そうな子供だった。

「その赤ん坊は、おまえの弟か？」

「いえ、この子は……」

どうやら子守をして駄賃をもらっているらしい。太田屋を辞めさせられたので、そんなことをして稼いでいるのかもしれない。

武兵衛も同じ事を思ったようで、少し苦い顔になった。

「おまえに訊きたいことがある。邪魔をしていいかな」

「はい」

吉松のあとに続いて武兵衛は家の中に入った。あとからお遥も入って行ったが、見知らぬ女に気が回らないほど、吉松は武兵衛を怖れているようだ。

「あ、あのう……。おとっつぁんもおっかさんも仕事で……いなくて」

「いいんだ。おまえに用があるんだから。上がらせてもらうよ」

四畳半の小さな家は片付いておらず、箒や土瓶《どびん》やゴミが散乱していた。吉松は急いで場所をあけ、赤ん坊を部屋の隅に寝かせた。

吉松は膝《ひざ》の上の自分の握りこぶしを見つめ、うなだれていた。

「おまえが水浴びをさせた日のことを訊きに来た。なんでもいいから、気が付いたことを言ってみろ。豊穣に変わったようすはなかったか？」

それを聞くと吉松は、「わっ」と声を上げて泣き、突っ伏してしまった。

「泣くな、吉松。おまえが豊穣を殺した、なんて言って悪かったよ」

「ひどい。そんなこと言ったんですか？」

「だから謝っているじゃないか。全部吉松のせいだとは、今は思ってない」

「吉松さん。太田屋さんは口は悪いですけれど、優しいところもあるんですよ」

お遥は吉松を抱き起こしてやった。

「豊穣が死んでしまって、心にもないことを言ってしまったんです。そうですよね」

振り向いて武兵衛をねめ付けた。

「え？　ああ、まあそうだな」

「水浴びをさせた時は、いつもと変わらなかったの？」

お遥はできる限り優しく言った。しかし吉松は激しく泣き始めた。

「すみません。すみません。申し訳ありません」

「吉松さん。もうだれも怒っていませんから、思い出したことがあったら言ってちょうだい」

吉松はしゃくり上げながら、「水浴びはしなかったんです」と、消え入りそうに言った。

「え？　水浴びをしなかったの？」

「はい。水浴び用の鉢を前に置いたのですが、どんなに誘っても豊穣は中に入らないので、今日は水浴びをしたくないんだと思いました。でも、しなかったと言ったら叱られるかと思って……」

お遥と武兵衛は顔を見合わせた。

「豊穣が死んだ時に、どうして言わなかったの？」

吉松は、また涙をぽろぽろとこぼした。

それを言う暇《いとま》を、武兵衛は与えなかったのだろう。

どこへ行くということもなく、武兵衛は歩いているようだった。お遥はその後ろを黙ってついていく。

あの日豊穣は水浴びをしなかった。

それがどういうことなのかを考えているらしい。

いつの間にか寛永寺の門前まで来ていた。そこでぴたりと足を止めた武兵衛は、お遥のほうを向いて大きく息をついた。

「水浴びは関係なかった」

「ええ、そのようですね」

「そんなふうに急に死んだりするものだろうか」

「さあ……」

なにかの病なら、少し前からその兆候《ちょうこう》があるはずだ。

「あ、籠の隅でうずくまっていた、って言ってましたよね」

「ああ、そうだ。水浴びが済んだと聞いて豊穣を見に行った時だ。だがすぐに止まり木に止まったぞ」

「そういうの、聞いたことがあります。飼い主の前では元気なふりをするんです」

「元気なふりだと？　そんな馬鹿な。餌だってちゃんと食べていたし……」

「嘘食《うそた》べだったのかもしれません」

嘘食べは、まだ一人でうまく餌を食べられない雛がよくやるのだが、病気の鳥が飼い主の前で元気を装うためにやることもあるらしい。さも食べているように嘴で餌をつつくのだ。

「嘘食べ……いや、しかし……」

「糞《ふん》はどうでした？　変わりなかったですか？」

嘘食べをしていたら糞の量が減るはずだ。

「糞は……そうか……」

武兵衛はがっくりと肩を落とした。

鳥籠の掃除は妻のお槙と吉松がやっていたという。手が空いているほうがやっていたので、もし糞が少なくても、掃除をしたばかりなのだと思ったのかもしれない。

「わしが気付いてやれなかった。そういうことなんだな。豊穣を死なせてしまったのは、このわしだったんだ」

その時、寛永寺の境内でウグイスが鳴いた。こんなに悲しい思いでウグイスの声を聞くのは初めてだった。

「お遥、そんなに悲しんじゃいけないよ。もう、どうにもなるものじゃないんだから」

徳造はお遥の肩を抱いて言う。武兵衛と別れたあと、かなりあ堂に戻って事の次第を徳造に話した。話したあと、少しは気持ちが軽くなった。だが一夜明けても、お遥の顔色は冴《さ》えなかった。

「うん。わかってる。でも武兵衛さんの前で一生懸命に元気に見せていた豊穣を思うと、どうしても悲しくて。それに気付けなかった自分を責めている武兵衛さんも可哀想」

「鳥は野山では食べられる側だから、弱っているのを悟られないようにするのは本能なんだよ。こんなことを言っても、なんの慰《なぐさ》めにもならないけどね」

徳造の言う通りだ。豊穣が弱っているところを見せなかったのが本能なら、どうすることもできなかったのだ。それを武兵衛にも言ってあげたい。なんの慰めにもならないかもしれないけれど。

「ちょいと、今、お客からいい話を聞いたよ」

お種が店に飛び込んできた。

「亀戸の天神様で藤《ふじ》の苗《なえ》を売ってるんだってさ。小さいけど安いって言ってたよ。藤を育ててみたかったんだ。ねえ、お遥ちゃん、行ってみないかい？」

一気に喋って、ようやくお遥と徳造のようすに気付いたようだ。

「なんだよ。どうしたんだい。妙に湿っぽいじゃないか」

「太田屋さんのウグイス、やっぱり死んでいたんです」

死という言葉を口にすると、さらに悲しみが増して目尻に涙がたまった。

「そうかい。可哀想だねえ。だけど死んじゃったものはしょうがないよ。泣いたって戻ってこないんだから」

お種はさばさばと言って、お遥の横に座った。

「あたしが亭主と死に別れた時は、そりゃあ毎日泣いたよ。泣きながらご飯を食べて商売をやって、それから面白いことを見つけて暮らしたんだ。『時薬《ときぐすり》』さ。悲しいことを無理に忘れることはないんだ。時がたつのを待てばいいのさ」

だから一緒に天神様に行こうと言う。

「ねえ、徳さん。お遥ちゃんと行ってきていいだろう？　早く行かないといい苗が売れちまうよ」

お種に手を引かれるようにして通りに出た。しばらく歩くと、菜売りが目にも鮮やかな青菜を籠に山盛りにして売り歩いていた。その向こうからは桜草《さくらそう》売りが、「えー、桜草や桜草」といい声でやって来る。

お種ほど悲しい思いをした人が、今はこうやってうららかな春の町を、明るく笑いながら歩いているのだ。豊穣を失った武兵衛もいつか、心の傷が癒《い》えるだろう。あたりまえのことかもしれないが、ようやくそこに気が付いて、お遥の気持ちがほんのりと温かくなった。

亀戸天満宮の藤は、やはりまだつぼみが固かった。だが門前には人だかりができていた。

お種が聞いたように、花の苗売りが店を広げていたからだ。藤だけではなく躑躅《つつじ》や撫子《なでしこ》もある。

お種はさんざん迷って小さな藤の鉢《はち》を買った。

「お遥ちゃんは買わないのかい？」

とくに欲しいものもないのだが、見回していると福寿草《ふくじゅそう》の鉢が目に入った。正月に売っているのはよく見るがこの時季には珍しい。花はかろうじて二つ三つ咲いていた。お遥が手に取って見ていると、店番の男が言った。

「正月の売れ残りなんで安くしておくよ」

立派な鉢が付いて三十文《もん》だという。

「安いじゃないか。鉢だけでも三十文じゃ買えないよ。残り物には福があるっていうしね」

「じゃあ買おうかしら」

お種とお遥はそれぞれ鉢を抱え、天神様にお詣《まい》りをするために鳥居をくぐった。正面に朱色の欄干《らんかん》の太鼓橋が見えてくる。天神様に来るのは鷽替え神事以来だ。ついこの間のことなのに季節が変わったせいか、ずいぶん前のことのように感じる。

太鼓橋のたもとに、身なりのいい婦人がこちらに背を向け立っていた。婦人の前には茣蓙《ござ》に座った老女がいて、なにか揉めているようだった。

「私は物乞いではありませんと、何度申し上げたらわかるのですか」

老女の怒りを含んだ、しかし静かな声が聞こえる。

「人の好意は素直に受けるものですよ。私だって一度出したものを、引っ込めるなんてことできませんよ」

通りすがりにちらりと二人を見れば、老女のほうは鷽替え神事で出会った盲目の老女に似ていた。

「ちょいと、ごらんよ。桜が満開じゃないか」

お種は思わず、という感じで走り出したあと、戻ってきてお遥の手を引っ張った。急がなくても桜は逃げないと思うのだが、お種らしくて笑ってしまった。二人で手をつなぎ、太鼓橋を駆けて渡る。

「今年は花見をやろうよ。お弁当持ってさ」

お遥が同意すると、弁当の中身はなにがいいかなどとさかんに喋っている。沈んでいたお遥の気持ちを、引き立てようとするお種の優しさだった。

拝殿《はいでん》で手を合わせ太鼓橋を渡って戻って来ると、文句を言っていた婦人の姿はなく、老女が一人、莫蓙の上で背を伸ばして座っていた。


お遥はお種と別れ太田屋に向かっていた。売れ残りの福寿草で気が引けるが、これを手土産《てみやげ》に武兵衛を見舞うのだ。

勝手口から入り下働きの女中に、おかみさんを呼んで欲しいと頼んだ。

ほどなくしてお槙が現れ、客間に通された。

お遥は持ってきた福寿草の鉢をお槙に渡した。

「まあ、どうしてうちの人が寝込んでいるってわかったの？」

「えっ、寝込んでいるんですか？」

気落ちしているだろうとは思っていたが。

「昨日どこかに出掛けたあと、また豊穣の部屋に籠もってしまいました。食事もとらずに寝ているみたいです」

「あのう……豊穣は……」

「死んでしまったのでしょう?」

「あ、やっぱりわかっていたんですね」

「わかりますよ。鳴き声がちっとも聞こえないんですから。最初は具合が悪いのかと思っていましたけど、うちの人のようすがあまりにもおかしいので、死んでしまったのだろうと」

「昨日、太田屋さんと麹町の桝屋さんで偶然会ったんです」

武兵衛が店の主人と話していたことや、そのあと吉松のところへ一緒に行き、そこで聞いた話をみんな教えた。

「そうだったの。吉松には可哀想なことをしました」

お槙は苦しそうに眉間にしわを寄せた。

「太田屋さんは豊穣が死んだのは自分のせいだと、とても気落ちしていましたのでお見舞いに来たんです」

「ありがとう。うちの人を呼んで来るわね」

お槙は座敷を出て行ったがなかなか戻って来なかった。

しばらくして戻って来たお槙は暗い顔で肩を落としていた。

「ごめんなさい。なにを言っても返事がなくて。かなりあ堂のお遥さんがお見舞いに来てくれたって言ったんですが」

「太田屋さんはどこですか？」

「え？」

「私が引っ張り出します」

お槙の案内で、離れとおぼしき奥まった一角に通された。黒光りした頑丈な扉の前で、ここだと教えられた。

「鳴き付けをさせる時には、付け子ウグイスも一緒にここに入れるんですが、今は豊穣だけなんですよ」

お槙はそう言って、「おまえさん。お遥さんが来ましたよ。ここを開けてください」と戸を叩いた。

中からはなんの音もしない。

「太田屋さん。悲しいのはわかります。でも、ここに籠もっていたってなにも解決しませんよ。やることがたくさんあるんじゃありませんか？」

やはり武兵衛の返答はなかった。武兵衛の悲しみは痛いほどわかる。だが、お種の言葉もまたお遥の心に深く沁《し》みていた。夫を亡くしたお種と豊穣を亡くした武兵衛。どちらが悲しいかは比べられるものじゃない。けれどもお種は泣きながら日々の生活を送っていた。お種にできて武兵衛にできないはずはない。

「豊穣の付け子を待っている人がいるじゃありませんか。どんな思いで毎日待っていると思いますか？　その人たちにはやく本当のことを言ってあげてください。豊穣だってちゃんとお弔《とむら》いをしてあげたらどうですか？」

「うるさい。おまえなんぞにわしの気持ちがわかるか」

中から武兵衛の怒鳴り声がした。戸を隔てているが、その剣幕にお遥とお槙は首をすくめた。けれどもお遥はひるまず言い返した。

「わかりませんよ。いい大人が、なんですか。子供みたいに。桝屋さんに頭を下げてお願いしたらどうなんです？　訳を話せばきっとわかってくれますよ。桝屋さんはあなたみたいな分からず屋じゃありませんから。桝屋さんから借りたウグイスで鳴き付けをして、宮様の乳母のかたのお見舞いに行ったらいいじゃありませんか。きっと宮様もお喜びになりますよ。初恋の人なんでしょう？　宮様は」

扉が勢いよく、がらりと開いた。真っ赤になって怒っている武兵衛が現れた。

「よくもまあ、ぺらぺらと。余計なことまで……」

「宮様は初恋の人なんですか？」とお槙。

「うるさい」と怒鳴るが、もう少しも怖くなかった。

お槙と顔を見合わせて笑った。

「豊穣のお部屋を見せてもらえませんか？」

武兵衛はしぶしぶ体を斜めにしてお遥を入れてくれた。

そこは六畳ほどの明るい部屋で、武兵衛が寝ていた布団が、中央の鳥籠の横にそのままになっていた。

部屋の造作《ぞうさく》は豪華で、床の間の床柱《とこばしら》はにぶく光る黒檀《こくたん》だった。そして正面の掛け軸には、柿《かき》の木に止まるウグイスが描かれていた。

「この絵は？」

「豊穣だ。わしが絵師に描かせたものだ。豊穣は柿が好きだったからな。梅ではなく柿の木を描かせたんだ」

鮮やかな柿の色と豊穣の落ち着いた鶯色とが、掛け軸を奥行きのある落ち着いた絵にしていた。

豊穣はやや下側の枝に止まり、両足を踏ん張って口を一杯に開け、囀っていた。喉を震わせて響く美声が聞こえるようだった。

そしてなによりも目を引くのは、床の間に鎮座している籠桶《こおけ》である。籠桶は保温のためや、鳥を落ち着かせて餌付けをするために、鳥籠をすっぽりと入れる木箱だ。そういう実用一点張りのものもあれば、中でウグイスを鳴かせた時に、音《ね》を柔らかく響かせるためのものもある。ここにあるのはそれで、黒光りする黒檀に、空の星々のように煌《きら》めく螺鈿《らでん》がちりばめられているという、贅《ぜい》を尽くしたものだった。

障子越しに柔らかな光がさす部屋の中央に、大ぶりな鳥籠が置いてあった。豊穣は鳥籠の底に真っ白なさらし木綿に包まれて横たわっていた。

お遥は手を合わせて頭を下げた。鳴き声を聞くことはかなわなかったが、豊穣の姿絵を見られただけで満足だ。

お遥は武兵衛を振り返った。

「きっと毎日好物の柿を食べてますよ。あの世なら、年中食べられるはずですもの」

武兵衛が泣きたいような顔で笑った。

お遥と徳造は、このところ毎日庭箱の皿巣をのぞいていた。巣引きさせたカナリアがそろそろ卵を産む頃だと話していたのだ。

「仲はいいのに、おかしいな」

「そろそろ卵を産んでもいい頃よね」

二人は日に何度となくのぞき込んではため息をついた。

悲しみから立ち直った武兵衛は、訳を話して桝屋からウグイスを借り、その付け子を乳母のもとに届けたとお槙が教えてくれた。暇を出していた吉松も、再び太田屋で働いているという。そして武兵衛は、ほんの少しまわりの者たちに優しくなったと言って、お槙は嬉しそうに笑っていた。

その時のお槙の、幸福そうな顔を時々思い出し、お遥もまた幸福な気持ちになるのだった。

播磨屋の御隠居が店に入ってきた。

しわの寄った頬が上気して、目が嬉しそうに輝いている。

「なにかいいことがあったんですか？」

お遥もつられて笑顔になって訊いた。

「宗仙様のとこのカナリアが卵を産んだそうだよ」

「ええっ」

お遥は嬉しいと同時に驚いてしまった。

淡黄の雄が欲しいと言われたがなかなか見つからず、ようやく十日ほど前に届けたばかりなのだ。

「な、何個ですか？　卵は何個産んだんですか？」

徳造が頰を上気させて訊く。

「まだ一個だそうだよ」

「明日かあさってには、また産みますね。何個産むかしら」

御隠居は気の早いことに、白いカナリアが生まれたかのような喜びようだ。白いカナリアが生まれたら譲ってもらう約束をしているので、無理もないのだが。

「これから友だちのところに行って自慢してくるよ」

御隠居は杖を大きく振り回し、飛び立つような足取りで駆けていった。

お遥と徳造は、ぷっと同時に吹き出した。

「自慢って、なにを自慢するのかしら」

「楽しみがあるってことは、いいことだねえ」

二人は、姿が見えなくなるまで御隠居を見送っていた。

第三話　盗蜜《とうみつ》

上野《うえの》寛永寺の桜は満開だった。

時折花びらが降ってくる中を、三人は歩いていた。徳造は茣蓙《ござ》を、お種は重箱《じゅうばこ》を、そしてお遥はお茶の入った竹筒《たけづつ》を持っている。

今年は花見をやろうという約束だった。三人は朝早くから浮かれ気分で支度《したく》をした。お種は重箱と売り物の大根《だいこん》と牛蒡《ごぼう》を持ってきた。徳造はそれを煮物にして、卵焼きを作りご飯を炊いた。お種は握り飯を作りお遥はお茶を竹筒に詰めたのだった。お遥も握り飯を作ると言ったのだが、それだけはやめてくれとお種に止められた。いつかお遥が作った握り飯は、とても食欲をそそるものとはいえない形をしていたからだ。

「この辺でどうだい」

お種はひときわ大きなしだれ桜の下で振り返った。

「いいですねえ。この場所は最高ですよ」

と徳造は茣蓙を広げる。

さっそく風呂敷《ふろしき》を解いて重箱を開いた。

「どうだい。きれいじゃないか。ねえ」

お種は握り飯を一つ取って、しみじみと言った。

お遥と徳造もしばらくは、弁当を食べるのも忘れて桜を見上げていた。

弁当もあらかた食べてしまった頃、少し離れたところに賑《にぎ》やかな花見の一行がやって来た。

「おとっつぁん、ここがいいわ」

若い娘の華やいだ声だった。

どこかの大店《おおだな》の主人家族と主だった奉公人という感じだ。十五、六の二人の娘は姉妹らしくよく似ていた。二人はこの日のためにあつらえたらしい上等な振り袖を着ている。一人は紅色の地に白い牡丹《ぼたん》、鳥の子色《とりのこいろ》の蝶《ちょう》が舞っている柄で、もう一人は同じ柄の色違いで孔雀青《くじゃくあお》の地に白い牡丹、蝶は薄桜色《うすざくらいろ》だった。

「いい着物だねえ。気になるかい？」

お種はお遥の顔をのぞき込んで言った。

「ううん。ぜんぜん」

「ずいぶん熱心に眺めていたよ。口が半開きになってて、羨《うらや》ましそうだった」

「そうじゃないの。ただ綺麗な着物だなと思って」

お遥も一応、今日はよそ行きの縞縮緬《しまちりめん》に着替えてきている。羨ましいわけではないが、娘たちの屈託《くったく》のない華やかさがまぶしかったのだ。

「ごめんよ。お遥にももうちょっといい着物を買ってあげられたらいいんだけれど」

徳造が申し訳なさそうに目をしょぼつかせた。

「何言ってるの。羨ましいなんてちっとも思ってない。この着物は……」

お遥は自分の両袖を広げた。

「兄さんが橋本町《はしもとちょう》の古着屋で買ってくれたのよね」

「芥子《からし》色《いろ》の縞が似合うと思ったんだよ。お遥は色が白いから」

買ってきた着物は徳造が洗い張りをしてくれた。さすがに仕立てまではできないので、人に頼んだのだが。お遥くらいの年になれば、自分の着物を縫う娘は珍しくない。だが、そういった人並みの手仕事を、徳造はお遥にさせようとはしなかった。

娘たちの笑い声が起きたので振り返ると、緋毛氈《ひもうせん》に並べたいくつもの重箱を囲んで箸をとるところだった。

「ちょっと歩こうか」

お種は空《から》になった重箱を風呂敷で包み立ち上がった。徳造とお遥もそれぞれ荷物を持ってお種のあとに続いた。

花見の名所といえば、この上野山と飛鳥山《あすかやま》、御殿山《ごてんやま》、小金井《こがねい》が有名だが、なんといっても一番賑わうのが墨堤《ぼくてい》だ。そこでは飲めや歌えの大騒ぎが繰り広げられるらしい。屋形船《やかたぶね》を仕立てて見物する者、舟で踊る者がいるかとおもえば、花火を打ち上げる舟もあるという。饅頭《まんじゆう》売りや田楽《でんがく》売り、肴《さかな》売りも出て、とにかくものすごいお祭り騒ぎと聞いている。

それにひきかえここは静かなものだった。東叡山《とうえいざん》寛永寺は天海大僧正《てんかいだいそうじよう》によって御城の鬼門《きもん》封じとして上野に創建されたものである。公方《くぼう》様の菩提寺《ぼだいじ》であるので、音曲《おんぎよく》は禁止されている。それで花見に来た人々はどの人も静かに弁当を広げるか、花を見上げてそぞろに歩いているのだった。

お遥たちは毎年、山王《さんのう》様の境内で花見をするのだが、今年はちょっと足を伸ばしてみようということになったのだ。

桜を眺めしばらく歩き回ったあと、清水堂《きよみずどう》に行ってみようということになり、急な階《きざはし》を上った。京の清水寺にならって造られたという清水観音堂には広い舞台がある。そこからは不忍池と、松の枝を丸めて月に見立てた「月の松」が見えた。

「ああ、なんだか気持ちがすかっとするねえ」

お種が両腕を上げて大声を出したので、すれ違った夫婦連れがくすりと笑った。

夫婦連れが帰ってしまって、舞台にいるのはお遥たちだけかと思ったら、堂の向こう側から若い男女が体を寄せ合い、淫靡《いんび》な忍び笑いをしながら出てきた。男は役者のような二枚目で、女はそれより十以上も若く、お遥とあまり違わない年の娘だった。どこかのお店《たな》のお嬢さんといった感じで、まったく不釣り合いな二人だ。

男は娘の胸元に手を差し入れて、なにやら耳元で囁《ささや》き、通り過ぎていった。お遥たちは眼中《がんちゅう》にないようで、見ているこちらが恥ずかしくなるくらいだ。

「銀次郎《ぎんじろう》だよ。あいつは、まったく」

二人の姿が見えなくなってから、お種が吐き捨てるように言った。

「銀次郎？」

「ああ、女たらしの銀次郎って有名なんだよ。飾《かざり》職人で腕はいいらしいんだけど、人妻だろうが後家《ごけ》さんだろうが手当たり次第さ。今の娘さんは、そんな銀次郎におおかた騙《だま》されているんだろうよ」

可哀想《かわいそう》に、とお種は同情して言った。

寛永寺をあとにして池之端《いけのはた》にさしかかった時、お遥はふいに足を止めた。

「私、ちょっと寄って行きたいところがあるの。先に帰ってて」

「どうしたんだい。どこへ寄るんだい？」

お種が怪訝《けげん》な顔で訊く。

「亀戸の天神様にちょっとお詣りを。私、なんだか呼ばれているような気がして」

「なんだいそりゃあ」

お種と徳造が笑ったのでお遥もつられて笑ったが、ほんとうにそんな気がしていた。鷽替え神事の折に出会った老女がずっと気になっていた。それが、福寿草を買った日に再び見かけた。あの老女は自分を待っていたのではないだろうか。そんな気がしてならなかったのだ。

ついて行くというお種に、一人で行きたいのだと遠回しに言った。

「そうかい。それじゃあ早くお帰りよ」と言って徳造と連れだって歩いて行った。

天神様は今日もなかなかの人出だった。鳥居の横の桜は散りかけていたが、それでも花を愛でる人がしみじみと眺めており、太鼓橋に佇《たたず》んで池を見下ろす人もいる。

橋のたもとには、やはりあの老女がいた。

茣蓙の上で心持ち顎《あご》を上げて端座している。見えない目で通り過ぎる人を見ようとしているかのような姿だった。

「お婆さん、この間もここにいましたよね」

お遥が近づいて声を掛けると、老女ははっとして腰を浮かし、お遥のほうへ手を伸ばした。

「……様？」

「え？」

老女は逃がすまいとするかのように、お遥の手を両手で摑んだ。

「お遥様ですか？」

「どうして私の名前を？」

「ああ、やっぱりお遥様なんですね。生きていた。生きておいでだった」

老女はそう言って、お遥に取りすがり泣き崩れた。

お遥はどういうことなのか、まったくわからずただ老女の白髪まじりの髷を見ていた。老女が人違いをしているとは思えない。だが、なぜ目が見えないのにお遥とわかったのか。そしてなぜお遥の名前を知っているのだろうか。

「あのう……どうして私を知っているのですか？　あなたはどなたですか？」

老女は顔を上げて涙を拭き、居ずまいを正した。

「これは失礼いたしました。あまりの嬉しさについ。わたくしは登代《とよ》と申します。お遥お嬢様の乳母でございました」

ここでは人目に立つと言うので、茶屋に場所を移した。奥の床几に並んで腰掛け、登代はようやく落ち着いて話を始めた。

よく見れば登代は思っていたほど年寄りではなかった。四十を少し過ぎたくらいだろうか。顔に刻まれたしわが、登代のしてきた苦労を物語っているようだった。

「初めてお会いしたのは鷽替え神事の折でしたね。お遥様のお声は、奥方様にそっくりでございます。ですからわたくしは、あの世から奥方様がお迎えに来てくださったのかと思ったのです」

しかしよく考えてみると、奥方様にそっくりな声の主は、自分がお世話をしていた赤ん坊ではないかと思い当たった。

「お遥様は亡くなったものと思っていました。わたくしはいつもあの世のお屋形様と奥方様にお詫び申し上げておりました。お遥様をお守りできなくて申し訳ありませんと。でもお許しいただけないから、わたくしはこうしておめおめと生きながらえているのだと思っておりました」

登代は声を詰まらせ、懐紙《かいし》を取り出して目に当てた。

「わたくしは目が見えませんから、お遥様を探し歩くことができません。それであの時にお会いした、この亀戸天満宮で待っていれば、きっとまたいらっしゃると思ったのです」

「それではあのあとから、毎日ここで待っていたのですか？」

「はい。もし本物のお遥様なら声を掛けてくださると思ったのです。奥方様は美しくてお優しいかたでした。声がそっくりですから、お顔もさぞかしよく似ておいでなのでしょうね。目が見えないのがこんなに残念に思ったことはありません」

そう言って登代は、また懐紙を目に当てて泣き始めた。

「私は捨て子だと聞きました。私の親はだれなんですか？　どうして私は捨てられたのですか？」

「お遥様。心を落ち着けてよく聞いてください。お屋形様と奥方様は、それはそれはお遥様のことを可愛がり、大切に育てていました。それはもう仲睦《なかむつ》まじく、幸せを絵に描いたようでございました。ところがそんな折、御家中で争いごとが起きてしまいました。お遥様の身に危険が迫っていると察知したお屋形様は、万が一のことがあってはいけないと、お遥様を三松屋《みまつや》に預けたのです。その大役を仰せつかったのは、このわたくしでした。わたくしがお遥様を三松屋までお連れしたのです」

「お登代さんが……私を」

「はい。三松屋さんは奥方様が古くから贔屓《ひいき》にしていた呉服店でした。三松屋さんの人柄を見込んでお遥様をお預けしたのです。お遥様を無事にお連れしたことを報告するために、わたくしはお屋形様の御居間に伺いました。すると……」

登代はそこで言葉を切って二、三度大きく息をして呼吸を整えた。

「お二人は折り重なるようにして亡くなられていました」

登代は自分の身も危ないと感じ、かねてから形見としてお遥に渡したいと言っていた品を持って屋敷を出たのだという。

向かった先は三松屋だった。事の次第を話し、残されたお遥をどう養育するかを話し合うためだ。

ところが三松屋には押し込み強盗が入り火を付けられていた。登代が行った時には盛んに燃え、崩れ落ちようとしていた。

「三松屋さんのご一家はみな、お亡くなりになったと聞きました。奉公人にいたるまで生き残った者はいなかったと。ですからお遥様も亡くなられたのだと思いました。お遥様はどなたに助けられたのですか？　今はどちらにいらっしゃいますか？」

「平川町《ひらかわちょう》のかなりあ堂という飼鳥屋にいます。三松屋さんの息子の徳造さんが、私を抱いて逃げてくれたのです。そのあとかなりあ堂の弥三郎《やさぶろう》さんと徳造さんに育ててもらいました」

お遥は自分の魂が抜けてしまったような心持ちになった。足もとの地面は心許なくふわふわとしている。自分の声すらどこか遠くから聞こえてくるようだった。

「そうでしたか。ご無事で本当によかった。嬉しゅうございます」

よかった？

嬉しい？

「兄さんの……徳造さんの両親と三松屋の奉公人は、私のせいで死んだのではないのですか？」

お遥の震える声は届かぬようで、登代はさめざめと泣きながら、神仏のご加護があったのだとか、あの世でお屋形様と奥方様が守ってくださったのだ、などと繰り返しつぶやいている。

なにも知らない赤ん坊のまわりで、そんな血なまぐさい出来事があったとは。

「どうしてそんなことに……」

「お家騒動があったのです。お遥様のお父上は……」

その時、隣の床几に旅のお武家が座った。なにをするでもなく、静かにあたりを見回しているだけなのだが、登代はお武家の耳を憚《はばか》っているようだ。

「お遥様の家でお話ししましょう。育ててくださったかたがたにお礼も申し上げたいですし。明日、そちらに伺います」

登代は立ち上がり茶屋を出た。お遥は並んで歩きながら登代に訊いた。

「お登代さんの家ではだめですか？」

「壁が薄くて声が筒抜けなのです。それにあのような汚い長屋においでいただくのは気が引けます」

登代は寺に奥方様の形見の品を預けているので、それを持って行くと言う。

「お寺に？」

「はい。わたくしが御屋敷を出てあちこちさ迷い歩いて、行き倒れになったところを助けてもらったお寺です。その時にこの目も見えなくなってしまいました。ご住職がとても親切で、今住んでいる長屋を世話してくれました。わたくしはそこで三味線《しゃみせん》と琴《こと》を教えてどうにか暮らしております。まあ、失礼いたしました。自分のことばかり話してしまいました。奥方様のお形見のことでございました」

お遥の母の形見というのは、金糸《きんし》、銀糸《ぎんし》を贅沢《ぜいたく》に使った振り袖だという。すっきりとした紅梅色《こうばいいろ》の地に大きな孔雀が羽を広げている、それは豪華なものらしい。

登代は、「明日かならず伺います」と念を押し、天神橋《てんじんばし》を渡るお遥を見えない目でいつまでも見送っていた。

大川《おおかわ》の川沿いをとぼとぼと歩いていた。考えなくてはならないことがたくさんある、という気がするのだが、なにをどう考えていいのかまったくわからなかった。要するに混乱しているのである。

ただ、自分のためにたくさんの人たちが命を落とし、残された者も不幸になったのだということだけはわかった。

徳造はどこまで知っているのだろう。

なにもかも知っていたから、お遥が捨て子だったことを隠していたのではないか。からくりのある帳場簞笥《ちょうばだんす》に隠された大福帳《だいふくちょう》を見つけた時、その奥には守り刀があった。徳造はどうして、守り刀もあっただろうと言わなかったのか。お遥が見つけていないのなら、ないことにしておこうとした、その意図はなんだったのか。

お遥は頭を振った。

わからない。

自分の親がだれなのか、切実に知りたいと思ったこともあった。だが今はそれよりももっと、自分は知らなければならないことがある。

明日登代が来れば、すべてがわかるのだろうか。

どんな顔をして帰ればいいのかわからない。だが、他に居場所はないのだ。足はかなりあ堂に向かっていた。

両国橋《りょうごくばし》を渡り広小路《ひろこうじ》に来ると、ここはもう年中大変な賑わいで、船宿や料理屋、茶屋など大小の店がひしめき、芝居小屋や見世物《みせもの》小屋の幟《のぼり》もにぎやかだ。

お遥が人混みの中を歩きながら、何気なく目に付いた茶屋の客が、昼に寛永寺で見かけた銀次郎だと気が付いた。

銀次郎は一人ではなく女の連れがいた。年増《としま》で、どこか崩れた感じのする色っぽい女だった。二人は相当に親密な関係らしく、女は銀次郎にしなだれかかり、銀次郎は女の腿《もも》をなでさすっていた。

寛永寺の清水堂で人目もはばからず体を寄せ合っていた、あの娘ではなく別の女と会っているのが、人ごとながらお遥は腹立たしかった。目をそむけて歩き出すと、二人も茶屋から出てきてお遥の前を歩く。

視界に入れるのも不愉快なのに、なぜかお遥の行く方へと歩いていく。いちゃつく二人の後ろ姿をげんなりと見ていたが、小さな居酒屋の前まで来ると銀次郎と別れて、女はそこに入っていった。

そして銀次郎のほうは和泉橋《いずみばし》へと折れて行ったのだった。

かなりあ堂が見えてくると、お遥は足を止めて大きく息をした。沈んだ顔をしていれば、徳造はすぐに気が付いてしまうだろう。とにかく今は、心配をかけないようにするため、平生《へいぜい》どおりに振る舞うことにする。今日あったことを徳造にいつ話すか、それは今夜布団《ふとん》の中で考えることにする。

「ただいま」

勢いよく店の中に入る。徳造はカナリアの鳥籠からしおれた青菜を取り出しているところだった。

「おかえり。遅かったね。どこか寄り道してたのかい？」

お遥の声を聞くと振り返って言った。

「ええっと、そうなの。ちょっと寄り道をしちゃって。銀次郎がいたの。今度は別の女の人といたわ。なんだか腹が立って、どこに住んでいるのか、あとをつけたの」

「お遥、どうしてそんなことを。まさか銀次郎に見られたりしていないだろうね」

意外にも徳造が真剣な面持ちで叱《しか》る。

「見られてない。でも、どうして？」

「銀次郎は女たらしだというじゃないか。お遥のような器量《きりょう》よしを見たら、付け狙うに違いないよ。気をつけなくちゃいけないよ」

徳造の心配性に笑いそうになったが、すんでのところでこらえ、「はい」と神妙にうなずいた。

「で、どこに住んでいたんだい？」

「え？　ああ、ええっと、途中でばかばかしくなっちゃってやめたの」

お遥は襷《たすき》を掛けて鳥籠を洗い始めた。徳造に背を向けているので、ようやく、ほっと息をつくことができた。


亀戸天満宮で登代と話をしてから三日ほどがたった。

「明日かならず伺います」と登代は言った。

だが、来なかった。

風邪でもひいたか、それともよんどころない事情でもできたのか。考えてもわかるはずもなく、ただ待つしかないのだった。なぜ登代の長屋の場所を教えてもらわなかったのか、お遥はそればかりを後悔していた。

徳造にはなにも話していないので、相談するわけにもいかず、ただ一人で、「どうしたのだろう。なぜ来ないのだろう。なにかあったのだろうか」などと思いあぐねるばかりだった。

そんな時、播磨屋の御隠居が遊びに来た。この数日は度々《たびたび》やってくる。

山本宗仙の白いカナリアが卵を産んだので、それを見に行き、その度に報告をしてくれるのだ。今日も一つ産んだ。今日のは薄い茶色の斑点《はんてん》がある。などと教えてくれる。

お遥が見に行った時は卵は二つだった。薄青い翡翠《ひすい》のような卵が巣の中に並んでいた。

結局カナリアは五つの卵を産み、雌が抱いているという。

だが今日は、御隠居は小脇に細長い包みを抱えている。

「蔵の掃除をしていたら見つけたんだ」

御隠居は風呂敷包みを開けた。中からは古色を帯びた巻物が出てきた。得意そうにさっと広げた。桜を描いた掛け軸だった。

「あら」

思わず声が出る。

春爛漫《はるらんまん》の桜に一羽の雀が描かれていた。薄茶色の頭に頬の黒い斑は紛《まぎ》れもなく雀である。梅にウグイスなら絵になる取り合わせとしてよく言われるが、桜に雀とはなんとも可愛らしい。

雀は枝に止まり桜の花を嘴でくわえていた。いたずらっぽいくりくりとした目に思わず微笑んだ。

後ろから徳造ものぞき込んで、「へえぇ」と感嘆の声を上げた。

「どうだい徳さん。可愛いだろう」

「お花をくわえてなにをしているのかしら」

「盗蜜《とうみつ》ですね」

「盗蜜って？」

「桜の花の蜜を吸う鳥は、ほかにもメジロやヒヨドリがいるんですけれど、メジロもヒヨドリも蜜を吸うために、頭を花に突っ込んで花粉で黄色くするんです。つまり、受粉を助けているんですよ。だけど雀は花の根元を食いちぎって蜜を吸う。受粉させないで蜜だけを吸うんで盗蜜と呼ばれているんです」

「どうして雀だけ？」

「嘴が短いからなんです。それに舌の先の形が違う。メジロとヒヨドリは蜜をなめやすいように、刷毛《はけ》みたいな形になっているんです」

「へええ」

お遥と御隠居は感心してうなずき合った。

お遥は掛け軸を持ち上げてしげしげと見る。左下に銘《めい》があって「三熊花顛」と読める。

「みくまかてん？　有名な人ですか？」

「さあ」

御隠居は掛け軸の値打ちには興味がないようだ。

「お滋が小さい時にこれが好きでね。この絵を見せると泣き止んで笑ったものさ」

娘のお滋の話をするときは、御隠居の目尻が下がる。親思いの優しい自慢の娘だといつも言っている。遅くにできた子なので、とにかく可愛くて仕方がないようだ。

「お滋に見せてやりたいねえ」

「お滋さん、家にいないんですか？」

「ああ、あたしの弟も小間物屋をやっていてね。小さな店なんだが浅草にあるんだ」

そこで夫婦仲睦まじく商売に精を出していたのだが、女房のおヨシの体調がすぐれず難儀《なんぎ》しているという話を聞いて、お滋は看病に行っているという。

「優しい子でね。もう十日も向こうに行ったきりなんだ。家の中は火が消えたようさ。あたしは寂しくてねえ。気を紛らわそうと蔵の掃除をしていたら、これが出てきたんだ」

「その掛け軸を持って、ようすを見に行ったらどうです？」とお遥。

「え？　そうかい？　うーん。そうだねえ。ついでに桜も見てこようか」

御隠居は嬉しそうに頰を緩めた。

「御隠居さん。ご迷惑でなかったら、お遥を連れて行ってもらえませんか」

徳造が急にそんなことを言うので、お遥は驚いてしまった。徳造がこんなふうに差し出口をするのは見たことがなかった。

「ああ、もちろんいいとも。徳さんも一緒にどうだい。みんなで行ったほうがにぎやかでいい」

「いえ、あたしはいいんです。店もありますから」

「兄さん、私だっていいのよ。このところ忙しいんだもの」

「お遥は気晴らしが要るんじゃないかい？　ずっと顔色がさえないじゃないか」

「そうなのかい？」

御隠居がお遥の顔をのぞき込み、「徳さんが言うのなら、そうなのかもねえ」と首をひねった。

「まあいい。一緒に行こうじゃないか。お滋とは年も近いし、友だちになってやっておくれよ」

御隠居と並んで浅草に向かいながら、やはり徳造には隠し事はできない、といまさらながらに思った。

登代が訪ねてくる前に、あらかじめ徳造に話をしておいたほうがいい。布団の中で闇を見つめながら、そう結論を出しはした。だが、なにをどんなふうに、どこまで話すのかがいくら考えてもわからない。登代に会ったことを黙っていてはいけない。外が白々《しらじら》としてくるまで、お遥はそればかりをぐるぐると考えていたのだった。

結局、どうするかは決まらないまま朝を迎え、徳造にはなにも話さず、後ろめたい思いを抱えていた。

登代が今来るか、今来るかと落ち着かない気持ちのまま、徳造にもそれを悟られないようにと心を砕いて時を過ごした。それで、一日が終わる頃にはぐったりと疲れていた。

そんなふうに二日、三日とたったが、登代が来ないことをいまさら徳造に相談するわけにもいかず、実を言うとお遥の心も体も疲れ切っていたのだった。

観音様の森が見えてくると、とたんに人通りは多くなる。通りは軒を連ねる店をのぞく人たちの笑いさざめく声や、商売の荷を運ぶ大八車《だいはちぐるま》のがらがらという音が賑やかに響いている。

「弟の店はね、そこの通りを曲がったところなんだ」

浅草三間町《あさくさきんげんちょう》の通りを右に曲がると、袋物屋《ふくろものや》や傘屋《かさや》や生薬屋《きぐすりや》が並ぶ中にその店はあった。「小間物　大黒屋《だいこくや》」と大きな看板が掛かっている。「小さな小間物屋」というのは謙遜《けんそん》で、播磨屋に負けず劣らず立派な店構えだ。

「ごめんなさいよ」

御隠居が店の中に入るのに続いてお遥も入った。奉公人はみな御隠居の顔を知っているらしく、親しげに微笑んで挨拶《あいさつ》をした。

番頭《ばんとう》らしき人がやって来て、「どうもお久しぶりでございます」と丁寧に頭を下げた。

「兼次郎《かねじろう》はいるかい？」

「はい、今、小僧が知らせに。ささ、どうぞ。お客間でお待ちください」

番頭は如才《じょさい》ない笑顔で客間に案内した。

兼次郎はすぐにやってきた。御隠居を少し若くした感じで、太い眉毛と人の良さそうな丸顔がよく似ていた。

「やあ、兄さん。どうしました」

「いやなに、おヨシさんのお見舞いにさ。どうだねおヨシさんの具合は」

「おヨシはもうすっかりいいんです。風邪がなかなか抜けなかったんですが、あれはもともと丈夫なたちでして」

「そうかい。そりゃあよかった。今日はこのお嬢さんをお滋に引き合わせてやろうと思ってね」

「平川町の飼鳥屋、かなりあ堂の遥です」

とお遥は手をついて頭を下げた。

「お滋が長いこと世話になって申し訳ない。あれは役に立っているかね」

兼次郎はちょっと変な顔をする。

おかしな間があいて、御隠居も兼次郎も妙な顔で向き合っていた。

「お滋を呼んでもらえんかね」

「お滋ちゃんは、いませんよ。十日くらい前におヨシの見舞いに来てくれましてね。

それでその日のうちに、そっちに帰りましたよ」

「そんな」

御隠居の顔が青ざめた。

「それじゃあ、お滋はどこに行ってしまったんだ。ああ、よもやお滋の身になにかあったんじゃ……」

御隠居は腰を浮かして、おろおろする。

「兄さん、落ち着いて。お滋ちゃんはうちの権助《ごんすけ》が供をして行ったはずだ」

兼次郎は手を叩いて女中を呼んだ。

「権助をここに呼んでおくれ」

権助は四十がらみの小男だった。廊下でかしこまって頭を下げている。

「権助、おまえ、お滋さんを播磨屋さんまで送り届けたんだよな。そう言ったよな」

権助はびくりと肩をふるわせて、いよいよ額を廊下にこすりつけた。

「黙ってないで、なんとかお言い」

兼次郎は大きな声でぴしゃりと言った。

「申し訳ありません」

「なにが申し訳ないんだ。ちゃんと言わないか」

「それが……」

権助が言うには、お滋と一緒に播磨屋へ向かったのだが、柳原《やなぎはら》通りをしばらく行くと和泉橋のところで、自分はこれから寄るところがあるから、権助はどこかで時間をつぶして帰りなさいと駄賃《だちん》をくれた。このことはだれにも言っちゃいけない。播磨屋までちゃんと送り届けましたと言うんだよ、と念を押されたという。

権助は「申し訳ありません」と廊下に這《は》いつくばった。

御隠居は、「和泉橋……」と青ざめた顔で繰り返した。と思うと勢いよく立ち上がり、兼次郎に挨拶もせずに客間を出て行った。

「あの、おじゃましました」

お遥はぺこりと頭を下げて御隠居のあとを追った。

御隠居は杖も持たずに店を出て行ったようで、番頭が困惑げにお遥に差し出した。杖を受け取りながら、「失礼します」と挨拶をし、急いで外に出て御隠居の姿を探した。

通りのずっと先をものすごい勢いで歩いていた。

お遥は走って追いついたが、言葉をかけることができなかった。御隠居は別人のように険《けわ》しい顔をしていた。

柳原通りに出て、お遥ははっとした。先日、登代に会った帰りにこの道を歩いたのだ。その時、銀次郎は年増の女と一緒にいたが、一人だけ和泉橋のほうへ歩いて行った。

「まさか」と思わず声が出た。御隠居に訊きたくても、とてもそんな雰囲気ではなかった。

だが、和泉橋を渡ると、すぐにお遥の勘が正しかったことがわかった。

「このあたりに飾職人の銀次郎の家はありませんか」

御隠居は道を行く人に訊ねた。教えられた路地に入り、とある長屋の前で立ち止まった。

ここまで脇目も振らずにやってきた御隠居だったが、腰高障子の前で息を整えるように動きを止めた。

「御隠居さん」

お遥は小声で遠慮がちに呼びかけた。

「ああ、お遥ちゃん」

お遥の存在に今気がついた、というように振り返って、自分が持っている掛け軸の包みを、じっと見たあと、お遥が持って来た杖と取り替えた。

お遥は怖かった。もし中に銀次郎とお滋がいたら、その杖で打ち据えるのではないだろうか。それほど御隠居の形相《ぎょうそう》はすごかった。

しかし御隠居も自分がひどく興奮していることを自覚しているようで、必死に心を落ち着けようとしているように見える。肩を上下させて何度も大きく息をしていた。

そしてがらりと戸を開けた。

狭い四畳半で若い娘が男物の足袋《たび》を繕《つくろ》っていた。寛永寺の清水堂で銀次郎といちゃついていたあの娘だった。奥の方には銀次郎の仕事道具なのだろう、金床《かなとこ》や金槌《かなづち》、鑿《のみ》などがごちゃごちゃと置いてあった。

「おとっつぁん」

お滋は蒼白《そうはく》だった。持っていた繕い物を脇にやり、両手を膝の上に置いて身構えている。

「なんだこれは。なぜこんなところにいるんだ」

「私は銀次郎さんのお嫁になったんです」

震える声で言って、唇《くちびる》を引き結んだ。

「馬鹿なことを言うんじゃない。そんなことは、このあたしが許さない」

「許してもらわなくてもいいんです。もう決めたんですから」

「おまえは銀次郎に騙されているんだよ。帰るんだ。一緒に帰るんだよ」

「おとっつぁんはそう言うだろうと思っていました。だから内緒で夫婦になったんです。ここが私の家ですから絶対に帰りません」

御隠居は怒りで震えている。

「とにかく家に帰るんだ」

と一歩踏み出した時だった。お滋は鋏《はさみ》を摑み、自分の喉元《のどもと》に当てた。

「来ないで。それ以上近づいたら私は死にます」

お遥は御隠居の肩越しに見ていて肝を冷やした。どうすることもできず、掛け軸の包みを抱きしめるだけの自分が歯がゆかった。

思いがけないお滋の態度に、御隠居もどうすることもできず、この場は帰るしかなかった。

しばらく無言で歩いていた御隠居だったが、九段下《くだんした》のお堀端まで来た時にようやく口を開いた。

「銀次郎はね、うちに簪《かんざし》を納めていたんだ。お滋を嫌な目で見ていたんで気をつけていた。あの男の悪い噂《うわさ》は知っていたからね。それがある日、裏口からこっそりお滋を呼び出したんだよ」

その時にもすったもんだがあったのだろう。声が震えている。

「どうやらそれまでも何度か会っていたらしいんだ。それであたしは銀次郎を出入り禁止にした。それで安心していたあたしが馬鹿だった」

明日は店の若い衆を連れて、力ずくで首に縄をつけてでも連れ帰る、と息巻いている。

普段は温厚な御隠居だが、今日見せた父親としての激しさに驚いたのと同時に、話に聞いていた優しい親思いのお滋とは、ずいぶん違っていて、なかなかに芯《しん》の強い娘であったことにも驚いた。

麹町の通りまで来て、ここで別れるという時、御隠居は「とんだところを見られてしまった」と言って「すまなかったね」と謝った。

お遥はなんと言っていいかわからず、ただ「いいえ」とだけ言って掛け軸の包みを差し出した。

「これはお遥ちゃんにあげるよ。もう見たくもない」

御隠居がまた怖い顔になる。

仕方なく礼を言ってかなりあ堂に帰ったのだった。

お種が桜餅《さくらもち》を持って遊びに来ていた。

「播磨屋の御隠居さんと花見に行ったんだって？　浅草の桜はどうだった？　きれい

だったかい？」

お種の屈託のない明るさに救われるような気がした。

「それがね、花見には行かなかったの」

お遥は差し出された桜餅を一つ取って、店の上がり口にどすんと座った。

「なんでだよ。じゃあどこ行ってたんだい」

「浅草には行ったの。だけど花見はしなかったのよ」

お滋がいるはずの大黒屋を最初に訪ねたのだが、お滋はおらず、銀次郎の家にいることがわかり、御隠居が乗り込んで行ったことを話した。

「ええつ。銀次郎の家に？　だけどまあ、そこにいるってよくわかったねえ」

「よくは知らないけど、前にも揉《も》めたことがあったみたい。それでお滋さんは、自分はもう銀次郎さんのお嫁になったんだ、って言うの」

「でも親の許しはないんだろう？」

お遥はうなずいた。御隠居が連れて帰ろうとすると、お滋が鋏を喉に当てて自害するとまで言ったことを話すと、お種と徳造はぞっとしたように首をすくめた。

「そりゃあ大変だ。銀次郎にすっかり騙されちまったんだね。あの男はそうやって自分に夢中にさせておいて、あっさり捨てるんだよ。これまでも何人もの女がそういう目にあっているんだ」

お種と徳造は、ひとしきり銀次郎はひどい男だとか、お滋が可哀想だとか言い合っていたが、終《しま》いにはお遥にも気をつけるようにと、くどいほど言うのだった。

「ところでその包みはなんだい？」

お種は二つ目の桜餅を頬張りながら言う。

「御隠居さんのものなの。お滋さんに見せるはずだったんだけど、御隠居さんがもう見るのもいやだって、私にくれたの。でも困るわ。もらってしまっていいのかしら」

「いいじゃないか。もらっておきなよ。どれ、見せてごらんよ」

お種は指を舐《な》めて、前掛けで拭いたあと掛け軸を開いた。

「へええ。桜に雀か。可愛いねえ。この雀、桜の花をくわえてなにをしてるんだろう」

お遥と同じ事を思ったようだ。徳造が再び同じ説明をする。それを神妙な面持ちで聞いていたお種は、「徳さんは物知りだねえ」と感心した。

「それにしてもこの雀。銀次郎みたいだね」

「えっ」

徳造とお遥が同時に声を上げた。だが言われてみれば、あながち的外れでもないという気がする。あたら桜花《さくらばな》を摘《つ》み取る雀と銀次郎。くらぶべくもないのだが。

「雀の盗蜜は可愛いのにねえ」

お種がため息と一緒にそう言った。

お種が帰ってしまうと、徳造は目をしょぼつかせ悄然《しょうぜん》としていた。

「気晴らしに行ったのにとんだことになったね。あたしが一緒に行きなさいなんて言わなきゃよかった。すまなかったね」

「兄さんが悪いんじゃないわ。それに私、平気よ。そりゃあ、ちょっとびっくりしたけど」

実は平気ではなかった。死ぬと言ったお滋の言葉に身がすくんだ。その時の恐ろしさが今もお遥の心に残っている。

「お滋さんが心配だわ」

徳造はどことなく言いにくそうに口を開いた。

「お滋さんも心配だけど、あたしはお遥が心配だよ。この何日かはずっと元気がなかったじゃないか。なにか困りごとがあるんじゃないのかい？　あたしには言えないことかい？」

そうかもしれない。

言わなければならないのに怖いのだ。

自分が預けられたその日に、押し込み強盗が入ったのは偶然なのだろうか。お遥にはとてもそうは思えなかった。だが自分のせいで徳造の両親や店の奉公人が死んだのだ、ということをはっきりさせるのが怖いのだ。

徳造は心配そうにお遥を見ている。これ以上徳造の心を悩ませてはいけない。

お遥は息を整えて最初の言葉を探した。

「亀戸の天神様に目の見えないお婆さんがいて、私の乳母だったたって……」

お遥の声が、老女、登代が仕えていた「奥方様」にそっくりだったこと、登代が三松屋にお遥を預けたことなどを話した。

徳造はあらぬほうを見て、「そうか、その人はお登代さんというのか」と小さな声で言った。そして弥三郎が伏せっていた三畳に行き、ごそごそとやったあと、大福帳と守り刀を持ってきた。

「この大福帳の奥には、守り刀を仕舞《しま》ってあったんだ。これはお遥が三松屋に来た時に、一緒にあったものなんだよ」

「兄さん……実は、私が大福帳を見つけた時、その守り刀も見つけていたの。あの時、伊織様が一緒にいたでしょう？　伊織様はこれは見なかったことにしておこう、っておっしゃって。でも守り刀についていた家紋を調べたら、どこの家かわかるかもしれない、って調べてくれたの」

「そうだったのか。それでわかったのかい？」

徳造が身を乗り出すようにする。そんな徳造を見て、徳造もお遥の親を知らないのだと思った。

「ううん。わからなかった。この紋は替紋《かえもん》ではないかとおっしゃるの。届け出をした定紋《じょうもん》の中にはこの五瓜《ごか》に九曜紋《くようもん》はなかったんですって。でも、私が生まれた年にお武家の女の子が行方不明になっていないか、調べれば私がどこのだれなのか、わかるかもしれないって。そう言われたけど、私、お断りしたの」

「どうして」

「兄さんと本当の兄妹《きょうだい》でいたかったからだと思う。本当の親がだれなのかわかったら、きっとそっちに心がいってしまって、これまでの暮らしを続けられなくなると思ったの。でもね、私の両親は死んだんですって。お登代さんがそう言ってた」

徳造のすっと息を呑む音が聞こえた。

「兄さんは知っていたの？」

「いや、知らなかった。だけどそうではないかと思っていたよ。そのお登代さんという人が、三松屋にお遥を連れてきた時、あたしはたまたま庭にいて話が聞こえてきたんだ。『命が危ない』と言っていた。『必ず迎えに来ます』とも言っていた。その人が帰ったあとであたしの両親は、『この子はとても大切なお方のお子様だ』とだけ話したんだよ」

「そしてその夜に押し込みが入ったのね」

お遥は嗚咽《おえつ》をこらえるために口に手を当てた。

「兄さんの両親が死んだのは私のせいなのね。私がいたから三松屋は襲われたんだわ」

「そんなことはわからない」

徳造はお遥の肩を両手で摑んだ。そして小さく揺すった。すごい力だった。

「いいかい。もしそうだとしても、決してお遥のせいなんかじゃない。お遥はまだほんの赤ん坊だったんだ。お遥のせいであるもんか」

そう言って徳造は強く抱きしめた。

「もう二度とそんなことを考えちゃいけないよ」

お遥をそっと離すと、徳造は台所に行った。そして小皿に黒砂糖《くろざとう》を一欠片《ひとかけら》載せて戻ってきた。

「これをお食べ。元気が出るからね。少し痩《や》せただろう？」

徳造の優しさに涙が出た。黒砂糖はひどく疲れた時や風邪をひいた時に食べる、とっておきのものだ。口に入れると濃厚な甘さに、心が慰められるような気がした。

「お遥がどこの家の子供なのか、あたしは聞かなかった。聞いてはいけない気がしたんだ。こんなに可愛い赤ん坊が命を狙われるなんて、なんて残酷なんだと思ったよ。お登代さんの切迫した声で、とても危険なんだということがわかった」

それを証明するかのように、その夜、賊が入った。

人の叫び声と足音とで目を覚ました徳造は、座敷から走り出る父親の後ろ姿を見た。母親はお遥を徳造に抱かせた。裏口から出て隣の荒物屋《あらものや》に逃げるように言うと、夫のあとを追って飛び出して行った。

徳造は腰を抜かして座り込んでいた。怒号と足音に交じって悲鳴が聞こえる。あれは番頭の声。あれは小僧さんの寅吉《とらきち》の声。そして父親の叫ぶ声のあと母親の絶叫が聞こえた。それと同時にきな臭い臭いがしてきた。

そこでようやく徳造は動くことができた。父親の枕元にあった文箱《ふばこ》から大福帳を取り出した。これは常々父親から、商人にとって命の次に大事なものだと言われていたからだ。守り刀と一緒に懐にねじ込み裏口に向かった。しかし火の手はすでに裏口にまわっていた。

表のほうにはまだ賊がいるような気がして、どうしていいかわからなくなった。裏庭にもだんだんと煙が充満してくる。徳造はお遥を抱いたまま井戸の陰に身を隠してうずくまった。

するとお武家が徳造を見つけて表通りまで連れ出し、平川町のかなりあ堂を頼るように教えてくれた。

「そのお武家様が伊織様のお父上なのよね」

「うん、そうだ。あたしはかなりあ堂の弥三郎さんに事情を話して、身を寄せることになった。お種さんが物音を聞きつけてやって来た。あたしは急に怖くなったんだ。もし、お遥がここにいることを賊が知ったら、ここの人たちも殺されてしまうんじゃないかって。それで自分が三松屋の息子であることや、お遥がそこに預けられた赤ん坊であることは内緒にして欲しいと頼んだ。だけど問題は、あとで必ず迎えに来ると言った人が、どうやってお遥を見つけ出すかということだよ。あたしを逃がしてくれたお武家様は、たまたま通りかかったといったふうだった。お登代さんと知り合いとは思えなかった。それで名前は変えないことにしたんだ。変えたほうが安全だと思ったんだけどね」

「名前を変えなかったおかげで、お登代さんは私だってすぐにわかったの」

徳造は優しい顔で、うんうんとうなずいた。

「名前は変えなかったけれど、お遥はなにも知らないほうがいいと思った」

それで大福帳と守り刀を隠し、お遥と徳造は弥三郎の、遠くに住んでいた孫ということにした。万が一、弥三郎の孫ではないとだれかに知られたら、捨て子だということにしようと相談した。その場には、乳をやるためにお種が連れて来た豆腐屋のおかみさんもいた。おかみさんは、弥三郎の孫がこんな立派な産着《うぶぎ》を着ているのはおかしい、と言って自分の子供の古い産着を持って来てお遥に着せた。

「みんなのおかげで、私はこうしていられるのね」

涙が止まらない。たくさんの人の死があって、その上で自分が生かされている。今、生きていることが奇跡のように感じる。

「お登代さんは、私の母の形見の品を持って、『明日必ず伺います』って言ってたわ。その時に両親がだれか教えてくれるって。もう三日もたっているのに来ないの。なにかあったんじゃないかって、私……」

言葉にすると、本当になにか大変なことが起きたのではないかと思えてくる。約束を違《たが》えるような人には見えなかった。

「お登代さんの住まいをどうして聞いておかなかったんだろう」

それが心底悔やまれる。

「そうか……。だけどお年を召した人だったんだろう？　急に体の具合が悪くなったのかもしれないよ。もう少し待ってみよう」

お遥はこっくりとうなずいた。


次の日の朝、お種がかなりあ堂に駆け込んできた。

「ちょいと、聞いたかい。銀次郎とお滋ちゃん、姿をくらましちまったんだってさ」

播磨屋の御隠居は昨日の夜のうちに、息子や店の若い衆と一緒にお滋を連れ戻しに行った。しかし長屋はもぬけの殻《から》だったという。それで御隠居は寝込んでしまったのだそうだ。

「御隠居も可哀想だけど、お滋ちゃんも心配だねえ。どこ行っちゃったんだろう」

お種はそれだけを言うと自分の家に帰って行った。

「ほんとに、どこに行ってしまったんだろう」

徳造はメジロの籠の糞《ふん》の始末をしているところだったが、ふと手を止めて、「御隠居さんのお見舞いに行こうと思っているのかい？」と言った。

まさに今、それを考えていたところだった。

「お見舞いに行って元気づけてあげたいけど、もう少しそっとしておいてあげたほうがいいかなって思っているの」

「そうだよ。まだだれにも会いたくないんじゃないかな。きっと」

「私、天神様に行ってきていい？」

徳造は立ち上がってお遥の前に立ち、にっこり笑った。

「行っておいで。お遥のやりたいようにやればいい」

徳造は、お遥のことをなんでもわかってしまう。

亀戸天満宮に向かいながら、お遥はくすりと笑った。血は繫がっていないのに本当の兄妹のように、理解され許され気持ちが通じている。つくづく自分は幸せ者だと思う。

柳原通りに入ったところで、この先にあの居酒屋があることを思い出した。銀次郎と一緒にいた、あの年増の女が入っていった店だ。あの時女は店に入るなり、「あら、いらっしゃい」と客に声をかけていた。つまり店の者ということだ。

お遥は怖々中《こわごわ》をのぞいた。客は一人だけで、やくざ者ふうの若い男が立て膝で酒を飲んでいた。

竈《かまど》の前にあの女がいる。鍋から煮物を小鉢に盛り付けているところだった。

「いらっしゃい」

店の主人らしき男が、まな板の上でかまぼこを切りながら大声を上げた。お遥はびくりと身をすくめた。

店主は入ってきた客をよく見ると、場違いな若い娘だったので、「なんだよ」とそっぽを向いた。客でなければ無駄な愛想だった、と損した気分にでもなったのだろう。

「あの、あそこの人にお話が」

「え？　おシマか？　おい、おシマ。おまえに客だ」

おシマと呼ばれた女はお遥のところまでやって来た。

「なんだよ、あんた」

「銀次郎さんのことですけど……」

「馬鹿、なに言ってんだよ」

おシマは小声で言ってお遥の肩を小突《こづ》いた。

「あんた、ちょいと出てくるよ」

大声で店主に言ってお遥の腕を摑み、店の外に出た。店主はどうやらおシマの亭主らしい。亭主がありながら、往来で堂々といちゃついていたとは。銀次郎も銀次郎ならおシマもおシマだと呆れてしまった。

「銀次郎さん、どこにいるかわかりませんか?」

通りを歩きながら訊《たず》ねると、おシマは「へへん」と鼻で笑った。

「あんたもあいつに惚れてんのかい?」

「違います。私は……」

「まあ、なんでもいいよ。あいつ、面倒くさい娘にちょっかい出しちまってさ。娘の親父さんに殺されるかもしれないって青くなってたよ」

「その人、お滋さんっていうんです。お父さんがすごく心配してるんです。お滋さんと一緒なんでしょう? その銀次郎さんて人」

「ああ、一緒だよ。橋本町の貧乏長屋にいるよ」

おシマはお遥をそこへ連れて行ってくれるという。人は見かけによらないと言うが、意外にも親切だ。

橋本町のその路地に足を踏み入れて、お遥は思わず息を止めた。これほど汚い長屋は見たことがない。そこら中にゴミが散乱し、臭いもひどいものだった。

「ほら、そこだよ」

おシマは腕組みをして、意地の悪い顔でにやにやしている。

どうやらお遥とお滋の、銀次郎を巡る争いを期待していたようだ。

おシマが帰ってしまうと、お遥は入り口の戸を叩いた。

「お滋さん。私、かなりあ堂の遥です。御隠居さんと前の家に一緒に行ったんですけど、覚えていますか？」

しばらくして戸が開いて、お滋が顔を出した。

「入って」

あたりを憚《はばか》るような、ひそやかな声だった。

前の家よりも狭い上にまだ荷物が片付いていなくて、いっそうごみごみとしてうらぶれている。

「この家、おとっつぁんも知ってるの？」

お遥は首を横に振った。

「おシマさんに教えてもらいました」

お滋は、「ああ」と嫌な顔をした。おシマの存在は知っていたようだ。

「銀次郎さんっていう人の悪い噂は知っているんでしょう?」

お滋は感情の読み取れない顔でお遥をじっと見た。色白でふっくらとした頬や、細く切れ長の目は、どこから見てもいいとこのお嬢様だった。そんなお滋が銀次郎のような男に、いとも簡単に騙されたのだと思うと痛々しいかぎりだ。

「あなた、人を好きになったことはある?」

お滋は静かな声で訊いた。

「えっ」

言葉に詰まっていると、お滋は続けた。

「私は家も親も、なにもかも捨てていいと思うほど、銀次郎さんを好いています。私たちはもうすぐ上方《かみがた》に行きます。私のことは死んだと思って諦めてくださいと、おとっつぁんに伝えてください」

「上方? どうして」

悲鳴のような声になった。そんな遠くに行ってしまっては、父と娘はもう会えないのではないだろうか。

「銀次郎さんの修業のためです」

「御隠居さん。寝込んでいるんですよ。顔を見せてあげてください。せめて上方に行く前に」

お滋はさすがに顔色を変えたが、「帰ってちょうだい」とお遥の肩を押した。

「おとっつぁんにはこの家を絶対に教えないで」

お滋に押し出され、戸がぴしゃりと閉まった。

なすすべもなくお遥は裏長屋を出て、とぼとぼと亀戸天満宮へ向かった。

登代の姿はなかった。何人かの人に、「目の見えないお婆さんを探している」と訊ねてみたが、知っている人に会うこともできなかった。


「今日も行くのかい？」

お遥が出掛ける支度をしていると、徳造は気遣《きづか》わしげに訊いた。

「亀戸の天神様では、お登代さんのことを知っている人がだれもいなかったの。何日もあそこで私を待っていたのに。だからきっと家はあの近くじゃないんだよね。かといってそんなに遠くもない。だって目が悪いんだもの」

天神橋のところで別れたのだから、そこから少し行ったところを、今日は回ってみようと思う。

「で、その掛け軸はお滋さんに渡すのかい？」

「うん。だってもうすぐ上方に行ってしまうのだもの。せめてこれを渡してあげたいの。でもほんとうに御隠居さんに言わなくていいのかしら」

昨日の夜に徳造と、どうしたものかと相談した。御隠居に言えばなんとしてもお滋の居場所を聞きだして、また連れ戻しに行くに違いない。その時、お滋はどうするだろう。もし本当に命を絶ってしまったら、取り返しがつかないことになる。それほどお滋の決心は固いように見えた。それで御隠居には言わず成り行きにまかせようと、話し合ったのだった。

お滋の長屋に、今日は銀次郎もいた。お遥が「おじゃまします」と声を掛けたが返事もせず、こちらに背を向けたまま一心に仕事をしている。

家の中は昨日よりも片付いていて、お滋は銀次郎の後ろで繕い物をしていた。

「これ、覚えてますか？」

お遥が掛け軸を広げると、お滋は懐かしい顔になってうなずいた。

「お滋さんに見せるんだって言ってあの日……。御隠居さんたら、あのあと、もういらないからって私にくれたんです。でも本心じゃないと思うの。上方に行くならこれを持って行ってください」

「でも……」

お滋は受け取ろうとしなかった。すると銀次郎が振り向きもせずに言った。

「もらっておけよ。売って路銀の足しにしようじゃないか」

お遥はかっとしてなにか言い返そうとした。だが、もともとこの掛け軸は自分のものではないのだ。受け取ったお滋がどうしようと、お遥が文句を言う筋合いのものではない。

「それじゃあ、私はこれで」

さっさと長屋を出てきたが、「お元気で」とか「気をつけて」の一言でも言ってくればよかった、と自分の思いやりのなさにげんなりした。あんな悪い男に騙されて、上方に行ってしまうお滋が哀れでならなかった。


帰って来たお遥の顔を見て、徳造は眉を寄せた。なにも言わなくても登代の手掛かりがなかったことがわかったようだ。

お遥は例によって、店の手前で強いて明るい顔を作ったのだが、やはり徳造には見抜かれてしまった。

「気を落としちゃいけないよ。なんとか方法を考えようじゃないか」

お遥はうなずいて、徳造が庭箱《にわこ》を洗っているのを手伝った。入っていた二羽のカナリアは雑居籠に戻した。仲は悪くなかったのだが、一向に卵を産む気配がないので諦めたのだ。

それだけに宗仙のカナリアが産んだ卵が孵《かえ》るのを、心待ちにしていたのだが、とうとう一つも孵らなかったという。

あれからぱったり宗仙のもとを訪ねなくなった御隠居は、このことをまだ知らないかもしれない。

お滋がいなくなり、あれほど楽しみにしていたカナリアの卵まで孵らなかったとなったら、どれほどがっかりするだろう。

お遥はこのところ気が沈む出来事ばかりだと、そっとため息をついた。

「兄さん、ご飯炊いて欲しい」

思っていたわけでもないのに、ぽろりとそんな言葉が出た。

徳造は顔を上げてにっこり笑った。

「そうだね。炊こうか。たくさん炊こう」

白いご飯をお腹いっぱい食べて、その夜は眠った。

明日こそ、いいことがありますように。

お遥は何度も口の中で唱えて眠りについたのだった。

翌朝、大盛りのご飯のおかげか、それともお遥の願いが天に通じたのか、雀の栗太郎が久しぶりに姿を見せた。

屋根の上でぼんやりと空を見上げていたお遥は、青空にごま粒ほどの点がだんだんと近づいてくるのを見つけた。

ぱたぱたぱた……。

可愛らしい羽音が聞こえて、差し出したお遥の手に栗太郎は止まった。

「栗太郎、おまえ雌だったんだね」

栗太郎の羽はろくに羽繕いをしていないらしく汚れ、ぼろぼろだった。その羽のお腹の部分が縦に割れている。抱卵中の雌はお腹の羽毛が抜けて、直《じか》に卵を温めるのだ。

これまでずっと卵を温めていたが、ようやく孵ったので子雀のための餌集めに奔走しているのかもしれない。

今日は黍《きび》を一握り持ってきていた。お遥の手の上で、栗太郎は一心についばんでいる。

そして黍がなくなると、ぱっと飛び立って行ってしまった。

お腹をすかしている子雀への餌を探しに行くのだろう。
明日はどんな餌を用意しておこうか。
お遥は微笑んで、そんなことを考えた。

第四話　聞做《ききなし》

「氷水あがらんか、冷《ひやっこ》い。汲立《くみたて》あがらんか、冷い……」

今年初めての冷や水売りがやってきた。

お遥は首をのばして店の外を窺《うかが》った。水売りは井戸水を入れた桶を天秤棒で担ぎ、ねじりハチマキに鮮やかな青い立浪文《たつなみもん》の着物を尻っぱしょりしている。声もさることながら、月代《さかやき》も青々としていて見るからに涼しそうだ。

隣の八百屋からお種が飛び出してきた。

「ちょいと、一つおくれよ」

「へい」

「あんたが来ると、ああ、夏なんだなって思うよ」

「あっしのこと待ってたんですかい？」

二枚目の冷や水売りは、お種とのやり取りを楽しむように流し目で応じた。お種はちょっとはしゃいで言葉をやり取りしたあとに、「あと二つおくれ」と言った。こちらを振り向いて手招きをする。

「お遥ちゃん、徳さん、あたしのおごりだよ」

外に出ると空は青く、まぶしい初夏の日差しが降り注《そそ》いでいた。

「ありがとう」

錫《すず》の器に入った冷や水を受け取る。砂糖水の中に白玉《しらたま》が浮いていて、とても涼しげだ。

口を付けるとひんやりとしていて、ほのかに甘く、そして白玉がつるりと口の中に入ってくる。

「ああ、美味《おい》しかった。ごちそうさま」

徳造は器を返してお種に礼を言った。

「お種さんにはいつもご馳走になるばっかりだね。申し訳ない」

「いいんだよ。みんなで食べると美味しいじゃないか。それはそうと、今日は店の中がいやににぎやかだねえ」

「そうなんですよ。昨日仕入れたばかりのメジロがよく囀るんでね。つられて他の鳥も、負けじと囀るんです」

お種は、「どれどれ」と騒がしいメジロを見るために店に入った。

「ほんとだ。うるさいくらいだね」

メジロの隣の籠でイカルが競うように鳴いている。イカルは黄色く太い嘴で、顔の部分と翼、尾羽が黒く、あとは灰色という派手さはないがきれいな鳥だ。なによりもよく通る澄んだ声が人気の鳥だ。

「あー、聞こえるね。たしかに聞こえる」

お種がイカルの籠の前で腕組みをして、いかにも納得したようにうなずいている。

「聞こえるってなにが？」

「聞き做しっていうんだろう？　鳴き声がさ、『蓑《みの》、笠《かさ》、着《き》い』って聞こえるよ」

「そうね、たしかにそう聞こえるわ」

「メジロのほうは、『長兵衛《ちょうべえ》、忠兵衛《ちゅうべえ》、長忠兵衛《ちょうちゅうべえ》』だそうだよ」

徳造が言うが、イカルの声が重なってよくわからない。お種が不服そうにそう言うと、徳造は裏口のほうへイカルの鳥籠を持っていった。

三人は頭を寄せて耳を傾けた。

メジロはその名のとおり目の周りに白い縁取りがあり、体は鮮やかな黄緑色をしている。細い嘴を一杯に開けて、囀る声は細く鋭い。

「長兵衛、忠兵衛、長忠兵衛？　聞こえないよ。ぜんぜん」とお種。

「うん、ピーピーピーピーとしか聞こえないわ」

お遥も同意した。いくら「長兵衛、忠兵衛」と聞こうとしても無理だった。

「いや、だけど、これは昔からみんなが言っていることで……」

徳造はメジロを庇《かば》うかのように一生懸命に言い訳をする。

「越前屋《えちぜんや》さんのとこのご主人はメジロ好きで、たくさん飼っていたんだよ。あんまり好きなものだから二人の息子さんに長兵衛と忠兵衛って名前を付けたって話だ」

「嘘だろう」

お種はげらげら笑いながら言う。

「嘘じゃないよ。これは有名な話だ。だけど去年ご主人が亡くなって、今はもうメジロは飼っていないんだけどね」

「小鳥はなにも飼ってないの？」

「うん。息子さんたちは鳥好きじゃないようでね」

徳造はちょっと寂しそうだ。

「ところでさ、お遥ちゃん。近頃ずいぶん出掛けるね」

「あ、それは……」

登代を探して亀戸天満宮の近くの家を歩き回っていたのだが、そのことは、登代に会ったことも含めてお種には話していなかった。

「実はね、私を三松屋さんに預けた人が見つかったの」

「そうかい。よかったねえ。で、その人はどこの人なんだい？　お遥ちゃんの親なのかい？」

「ううん。その人は私の乳母だったんだって」

「乳母」

お種は目を丸くして、頭のてっぺんから声を出した。

「やっぱりねえ。お遥ちゃんはこの辺の子供らとは、どっか違っていたもんね。産着が立派ってだけじゃなくて、品があってきれいな赤ん坊だったよ。それで親はだれなんだい？」

「そのことは、ここに来て話すって言ってたの。形見の品をお寺に預けてあるので、それを持ってくるって」

「だけどその人がいくら待っても来ないんだ」

徳造はお遥の代わりに答えた。

「家は？　知ってるんだろう？　迎えに行けばいいじゃないか」

「それが、聞かなかったそうなんだ」

そう言って二人はお遥のほうを見た。

考え事をしていたお遥が、「ああっ」と急に大声を上げた。

「どうしたんだよ。びっくりするじゃないか」

「私、お登代さんの住んでいる家ばかりを探してた。お寺を探せばよかったんだ。形見の品を預けたっていう。お寺ならしらみつぶしに探しても大した数じゃないもの」

お遥は急いで襷をとると、店の外に飛び出した。慌てて戻ってきて、「兄さん、亀戸まで出掛けてきていい？」と訊いた。

「あ、ああ、いいよ。行っておいで」

「気をつけてね」

徳造とお種が呆気《あつけ》にとられた顔で見送った。


夜半から雨と風が強くなった。雨戸が時々、がたがたと音を立てる。

越前屋長兵衛は書き物をしていた手を止めて顔を上げた。

裏口のほうから雨風とは違う音がした。

弟の忠兵衛が帰って来たのだろう。

外出を禁止していたが、いつもの朝帰りではなく夜のうちに帰って来たのは、多少は反省しているのかもしれない。

忠兵衛の借金が発覚したのは今朝のことだった。長兵衛はすぐに呼びつけ、厳しく叱った。

昨年、父親は臨終《りんじゅう》の間際に、兄弟二人で越前屋をもり立てていくようにと言い残した。父が一代で築いた足袋屋をもっと大きくしようと、二人で誓い合ったものだ。

ところが忠兵衛は父が亡くなってからというもの、たがが外れたように遊びまわるようになった。

いつかは諭《さと》してやらなければならないと思っていたところに、今朝は十両という借金の額を聞いて、つい感情的になって叱った。ひと月の間は家から出てはいけない、などと厳しいことも言ってしまった。

自分でもちょっと言い過ぎたと思っていたのだ。

兄弟仲良く、というのが父親の口癖だった。そんなことをことさら言うのも、訳があってのことだった。だが自分も弟もそれは十分に承知していたはずだ。

「忠兵衛、帰ったのかい？」

自分はもう怒ってはいないと知らせるつもりで、優しく声を掛けた。

少しして襖《ふすま》がさっと開き風が吹き込んだ。

灯明皿《とうみようざら》の火が消えた。

黒い影が足音を立てて突き進み、長兵衛の上に覆《おお》い被《かぶ》さった。と同時に胸に熱い痛みが走った。

「忠兵衛……」

伸ばした手は虚《むな》しく宙を掴んだが、最後の力を振り絞って文机の上の紙を、血まみれの手でまさぐった。

「こ、これを。この書を……」

だが思うように掴めない。暗闇の中で手がようやく紙を掴み取った時、長兵衛の意識は真の闇へと落ちていった。


「ちょいと、大変だよ」

お種が読売《よみうり》を一枚握りしめて、かなりあ堂に飛び込んできた。

「あそこの、ほら、メジロの……長兵衛さんが殺されたんだよ」

「ええっ」

お遥と徳造が同時にお種に駆け寄る。

「うそ」

「誰に？　どうして？」

矢継《やつ》ぎ早に質問されて、お種がたじろいでいると、息を切らして駆け込んできた男がある。経師屋《きょうじや》の彌左衛門《やざえもん》だった。ずっと前に一度、襖の張り替えを頼んだことがある。

「お種さん。それ、あたしが買った読売ですよ」

「いいじゃないか。ちょっと貸しておくれよ」

彌左衛門は不満そうに口をとがらせた。小柄で顎が細く、目が小さく落ちくぼんでいるので貧相な顔に見える。四十を過ぎているはずだが、押しの強いお種に何も言えないようすが子供っぽい。

お種は彌左衛門に構うことなく読売を広げた。

「弟の忠兵衛が下手人《げしゅにん》だって書いてある。だけど姿をくらましているんだってさ」

読売には、長兵衛と思われる男の胸に、馬乗りになって包丁を突き立てている男が描かれている。刺されている男の苦悶《くもん》の表情と血しぶきとで、お遥は気分が悪くなった。

「忠兵衛さんは逃げているんでしょう？　それでどうして下手人だってわかったの？」

「それはさ……」

お種が言いかけるのを遮《さえぎ》って、彌左衛門が割り込んできた。

「長兵衛さんがいまわの際《きわ》に、弟にやられたという言伝《ことづて》を残したんですよ」

「どんな？」

お遥は興味を惹《ひ》かれ、つい大きな声を出した。

「自分の書いた書ですよ。文机の上にあった書きかけの書が、弟が下手人だということを示していたんです。ほら、ここに書いてある」

彌左衛門は読売の左端にぎっしり書かれた文字の、真ん中あたりを指さした。

たしかに、長兵衛が事切れる直前に、文机の上の紙に手を伸ばし、さっきまで自分が書いていた「書」を摑んで下手人を知らせた、と書いてある。

「でも、どうしてそれで弟が下手人だってわかるの？」

「その歌というのは……」

高橋虫麿《たかはしのむしまろ》の長歌《ちょうか》だった。

——うぐひすの卵《かひご》の中にほととぎす　ひとり生れて己《な》が父に似ては鳴かず　己が母に似ては鳴かず
ホトトギスがウグイスの巣に自分の卵を産み付けたという托卵《たくらん》の歌だ。ウグイスの巣で孵ったホトトギスの雛は、ウグイスの卵をすべて巣から落として殺してしまう。ひとり生まれたホトトギスの雛は、父にも母にも似ていないという意味の歌だ。

忠兵衛は、実は父親がよそに作った息子だった。忠兵衛の母親が二十年前に病死したために引き取った子供なのだ。

長兵衛はたまたま書いていたその歌を、最期に残った力で引き寄せ、弟が自分を殺したのだと知らせようとした。

とまことしやかに読売には書いてある。

「長兵衛さんは、書画をたしなむような風流なところがありましてね。自分の書いた書で枕屏風《まくらびょうぶ》を作りたいと頼まれていたんです。近々、嫁をもらうことになって、まあ、嫁への贈り物にするつもりだったんでしょう」

「お嫁さんが来ることになっていたのに、殺されてしまうなんて可哀想」

お遥は心底同情して言った。

「まったくですねえ。長兵衛さんは今年、たしか三十五ですよ。あの年まで独り身《ひとりみ》でいて、ようやく嫁が決まったと思ったらこれですからね。嫁が来るって、そりゃあ嬉しそうにしていたんですよ。あたしなんかは、本当によかったと思ったものですが、そうは思わない人もいてねえ」

「そんな人いるんですか？」

「いるんですよ、これが。その嫁というのが、油問屋の主人のれいこだったんですよ」

と彌左衛門は左手の小指を立てた。

「れこ？」

「そう、お妾《めかけ》さんだったんです。旦那がちょっと前に亡くなりましてね。お妾さんを住まわせていた家と結構な額の金子《きんす》とを残したんで、まあ、生活には困らないんですよ。それをいいことに、と世間の人は言うんですが、旦那が亡くなって何ヵ月かで、嫁に行こうというんだから悪く言う人もいるというものですよね。だけどその嫁というのが、これがまあ、色っぽいいい女でねえ……」

彌左衛門は鼻の下が伸びているのに気付いたのか、赤くなって慌てて口を閉じた。

自分の客がこんなことになって驚いた、などと間が悪そうに付け加えた。

食い入るように読売を読んでいるお種を一瞥《いちべつ》したが、喋るだけ喋って満足したのだろう、なにも言わずに帰って行った。

「『さながらホトトギスのごとし』だってさ。怖いねえ」

お種は読売をしげしげと見返して、さも恐ろしそうに首をすくめた。彌左衛門が帰っていったのにも気付いていないようだった。

「だけどさ、ホトトギスってそういう鳥なのかい？　なんでウグイスの巣に卵を産むんだい？」

「自分で巣を作らないんだよ」と徳造。

「巣を作らないから、卵を抱くこともないんだ。カッコウやツツドリもそうだよ。どの鳥に托卵するかはだいたい決まっているんだけど、ホトトギスはウグイスに托卵することが多いんだ」

「ふーん。だけど忠兵衛は越前屋さんの息子には違いないんだよね。おっかさんが死んじまったから越前屋で引き取ったんだもんね。ホトトギスみたいだなんて、けっこう無理矢理だね。こんな絵まで付けちゃってさ」

「骨肉の争い　さながらホトトギスのごとし」という読売の表題の下には、ホトトギスが凶悪そうな顔で翼を広げている絵が描かれている。

「ほんとうに下手人は忠兵衛さんなのかしら」

お遥はふと心に浮かんだ疑問を口にした。

「どうしてだよ」

「何かわけでもあるのかい？」

徳造も不思議そうにお遥を見る。確信があるわけではないので、言いよどんでいると、お種が「逃げてるんだから、忠兵衛なんだろうよ」と決めつけた。

「でも、この歌……」

その時突然、メジロが高らかに鳴き始めた。

その声ははっきりと、「長兵衛、忠兵衛、長忠兵衛」と聞き取れる。

三人が三人とも、ぞっとして口をつぐんだ。


お遥は胸が高鳴るのを抑えられなかった。登代が世話になり、形見の品を預けている寺が見つかったのだ。

門前を掃いていた小僧さんに訊くと、名前は知らないが目の見えないお婆さんが、この寺に時々出入りしているという。

住職を呼んでもらい本堂で待つ間、優しいお顔の阿弥陀如来像《あみだにょらい》を見上げていると、登代が言っていたように、神仏のお導きがあったのだという気がする。

「あなたですか。おトキさんの知り合いというのは」

振り返ると背の高い六十歳くらいのお坊さんが立っていた。

「いえ……あのう。おトキさん……ですか？」

「ええ。目の見えないお婆さんといえば」

「私が探しているのは、お登代さんという人なんですが」

お遥はお登代の姿形や、行き倒れになったのを、ここの住職に助けてもらったと聞いたことなどを話した。

「ああ、それならおトキさんに間違いない。あの人はお登代さんという名前だったのか。なにか事情がありそうだと思っていたが、名前を変えていたとは」

住職は大きな目玉をぐりぐりと回して顎をなでた。

「それでなぜおトキさん、いやお登代さんを探しているのですか？」

「お登代さんは、私が赤ん坊の時に世話をしてくれた人で、とある家に私を預けたあと、そこが火事になって……」

自分は死んだものと思われていたこと、自分の親の話を教えてくれる約束だったことなどをかいつまんで話した。

「私の家に来てくれることになっていたのですが、もうひと月もたつのに、なんの音《おと》沙汰《さた》もないのです。お登代さんの家を聞いていなかったので、ずっと探し歩いていました」

「そうでしたか。そういえば近頃とんと顔を見せないな。どこか悪いのかもしれない」

住職は小僧さんを呼んで、登代のようすを見に行かせた。

「一緒に見舞いに行きますか？」

お遥がうなずくと、「粥《かゆ》でも持って行こうか」などとつぶやいて本堂の奥に姿を消した。すぐに戻って来たところをみると、だれかに粥を炊くように言ってきたのだろう。

「お登代さんが行き倒れになったところを、こちらに助けていただいたと聞きました」

「いやあ、ひどいものでしたよ。いったい何日、江戸の町をさ迷い歩いたものか」

髪は乱れ放題、着物も泥だらけで倒れていたという。

寺に運び込んで介抱したが、何日ものあいだ熱に浮かされていた。看病していただれもが、命は助からないだろうと思っていた。数日後、思いがけず快方へと向かったのだが、登代は目が見えなくなっていた。

「うわごとでずっと謝っていましたよ。『申し訳ありません。申し訳ありません』とね。時々、お遥様とか奥方様とか、お屋形様などと口走っていたので、ひょっとすると大名家のお女中ではないかと思いました。あとで本人に訊くと、やはりそうだった。だけど家の名前は言えないので、訊かないで欲しいと言われました」

そのあとはお登代に聞いた通りだった。長屋を世話して住まわせ、三味線と琴の師匠として暮らしていけるまで手助けをしたという。

「お登代さんには、頼れる親類や知り合いはいなかったのですか？」

「常州《じょうしゅう》に親類縁者がいるので、なんとか帰ろうとしたのだそうです。ですが女が江戸から出るのは難しいのです。詳しい事情は知りませんが、通行手形を出してもらえるような状況ではなかったようです。私の想像ですが関所破りも試みたのではないでしょうか。それで失敗してあのような……」

そこへ使いに出した小僧さんが戻ってきた。住職のそばまでやってきて、耳元で報告する。

「おトキさんは、もうひと月も長屋には帰ってないそうです」

だれも行き先を知らないので、みんな心配しているという。

「最後に顔を見せたのも、ひと月くらい前だった」

「ひと月……。私と会ってすぐということですね。あの時、お寺に預けてある形見の品を取りに行くと言っていたんです。それを取りに来たのではないでしょうか」

お遥が勢い込んで訊くと、住職は腕を組んで記憶をたどった。

「あの日、私とは話をしなかった。おトキ、いやお登代さんが来るのを庫裏《くり》の窓から見たのですよ。声を掛けてくれるかと思っていたのですが、それっきりだった。今思えば、おかしなことだ」

住職はなにか気になることがあるらしく、険しい顔で立ち上がった。

「預かっている形見の品があるかどうか見てきます。ちょっと待っていてください」

しばらくして戻って来た住職の顔は青ざめていた。

「文庫蔵《ぶんこぐら》に仕舞っておいたのだが、なくなっている。ひと月前に来た時に持って行ったのかもしれないと思って、伊造《いぞう》に訊いたのですが、お登代さんとは会っていないと言うんです」

伊造というのは、ここの下働きの男だという。

「文庫蔵ってだれでも入れるんですか？」

「いいえ。鍵がありましてね。庫裏の手文庫の中に入れてあります」

「鍵がそこにあるのは、ここのお寺の人ならだれでも知っているんですよね」

「たしかにそうだが……」

寺の人を疑うようなことを言ってしまい、お遥は気が咎めた。伊造という人に話を訊きたいが、とてもそんなことは言えなくなってしまった。

登代の長屋を教えてもらい寺を辞した。登代という人に会えて、わかりかけた自分の出自がまた遠く手の届かないところへ行ってしまった。

登代はどこへ姿を消したのか。あれほどお遥に会えたことを喜んでいたのだ。形見の品を持って、どこかに行ってしまうなどということは考えられない。

なにかあったに違いない。

お遥の胸に暗く重いものが沈み、初夏の鋭い日差しが目を眩《くら》ませた。

徳造には包み隠さずその日あったことを話した。寺での住職の話。寺を出たあと登代の長屋を訪れ、近所に話を聞いたこと。寺の伊造という男がなにかを知っている気がするが、なんの確証もないこと。

「だけどご住職は、その伊造さんという人を疑っていないんだろう？」

「うん。ぜんぜん。お登代さんが形見を自分で持ち出して、どこかに行ったと思ってるみたい。でも、お登代さんはそんなことしないわ」

「あたしもそう思うよ。必ず行きます、って言ってたんだろう？　この家の場所だって知ってるんだから、来られなくなったんだったら、なんとか言ってくるはずだ」

登代がなぜ姿を消してしまったのか、徳造は眉間にしわを寄せ、「うーん」と考えていたが、「だめだ。わからない」と肩を落とした。

そう、わからない。お遥にもさっぱりわからなかった。

日に何度かは、「お登代さんはどうしたのだろう」などと徳造と言い合ったり、ひょっこり現れはしないか、と通りのほうを度々うかがったりしていた。

そんなことが数日続いたある日、見覚えのあるお寺の小僧さんが、かなりあ堂にやって来た。住職からの言伝を持って来たのだ。

「伊造さんがお寺を辞めまして」

堀切《ほりきり》村に住む母親の具合が悪いので、看病のために帰らなければならないと言ったそうだ。

急に辞めると言い出したのを怪しみ、住職が調べたところ、堀切村の母親はぴんぴんしており、伊造もそこへは行っていなかった。伊造を知る人のあいだでは、近頃妙に金回りがよかったという。

「番所に届けましたので、お役人がきっとお登代さんの居場所と形見のお品を探し出してくれるでしょう、とお伝えするようにと」

小僧さんは生真面目《きまじめ》な顔で頭を下げ、帰っていった。

徳造と二人、「よかった」と手を取り合って喜んだのもつかの間、翌日にまた小僧さんがやって来た。今度は住職も一緒だった。

「申し訳ない」

住職はいきなり頭を下げて謝った。

「あのう……」

「伊造はまだ認めていませんが、形見の品を盗んだのは間違いないようです。今、お役人が吟味《ぎんみ》しているところです。ひと月前にお登代さんとは会っていない、というのも嘘で、二人が横川《よこかわ》のほとりを歩いていたのを見た人がいました」

「それじゃあ、伊造さんが知っているかもしれないんですね。お登代さんの居場所を」

お遥はひと筋の光が見えたような気がして訊いた。だが住職の顔は曇ったままだ。

「それが、やはりちょうどひと月ほど前、横川に掛かる菊川橋《きくかわばし》のあたりで……」

皆まで聞かないうちに、お遥はめまいがして徳造の腕にしがみついた。徳造が肩をしっかりと抱いてくれた。

登代のような年格好の老女の死骸が、菊川橋のあたりに沈んでいた。すでに無縁仏《むえんぼとけ》として葬られてしまったので、確かめようはないのだが、どうやら登代に間違いないらしいという。

「せめてあの形見の品は見つけ出して欲しいとお役人にお願いしました。あれは……

あの着物はお登代さんが命がけで持ち出したものと聞きました。汚れないように油紙に包み、それはもう肌身離さず大切に守り抜いたものなのです。長屋に持って行くよりも、寺に置いたほうが安心だと言って、文庫蔵に仕舞ったのが、かえってあだになってしまった」

住職は、またなにかわかったら知らせる、と言って深々と頭を下げた。

「わざわざお知らせくださいまして、ありがとうございます」

腰を屈めて平身低頭する徳造の横で、お遥はただ頭を下げることしかできなかった。

登代が死んだと聞いてから、何日目かの夜。布団の中で真っ暗な天井を見つめていると、ふいに本当に登代は死んでしまったのだ、という現実が胸にせまってきた。

突然、涙が溢れた。

登代の生涯を思うと涙が止まらなかった。

外が明るくなる頃、お遥はようやく自分の心が落ち着くのを感じた。登代を悼《いた》む気持ちを抱えたまま、ちゃんと生きていかねば、という決心がやっとついた気がした。

いつものように店を開け、朝餉《あさげ》の支度をしていると、徳造のまなざしと行き合った。優しく、ほんの少し微笑んでいた。

お遥が自分を取り戻すまで、徳造はずっと見守っていてくれたのだ。

また涙が溢れそうになった。

徳造が意外なことを言い出したのは、その翌日だった。

「お遥がどこのお大名の子供なのか、伊織様に調べてもらってはどうだろう」

考えてもいなかったので言葉に詰まった。

「お家騒動の末に、お遥は大変な目にあっただろう？　なぜそんなことになったのか、はっきりさせることが、お登代さんの供養になるんじゃないかい？　お登代さんだけじゃない。お遥の両親も、あの世でそれを願っているように思うんだよ。娘にすべてを知って欲しいってね」

そうだろうか。

登代の供養になるような気はする。だけど父母はどうだろう。

お遥にはよくわからなかった。曖昧《あいまい》に、「うん。そうね」と答えた。

すると徳造は、「よかった」と喜ぶ。

「伊織様のお役目は御鳥見役だろう？　御鳥見役の表向きのお役目は、お遥も知っているように、御鷹場《おたかば》の整備や御鷹様の餌の調達だ。だけどそれだけじゃないんだ。ここだけの話だけどね」

　と徳造は眉間にしわを寄せ、声をひそめた。

「町方のお役人が手を出せないお寺やお武家様の御屋敷にも、御鷹様の鳥がこっちに飛んできたと言えば入ることができるんだよ。だからお上《かみ》の密命を帯びて、お大名の家の内情を探索することもあるんだ」

「兄さんはどうしてそんなことを知ってるの？」

「伊織様のお父上と祖父《じい》ちゃんは、とても親しかったんだ。お遥はまだ赤ん坊だったから知らないだろうけど、よく伊織様のお父上が遊びに来て、お酒を飲んでいたんだよ。酔うとたまにお役目の話をしていたんだ。あたしはそれをこっそり聞いていた。伊織様はお父上のようにお上の信頼が厚いらしいから、同じようなお役目をお受けになることもあるんじゃないかな」

　伊織の意外な一面を聞いたので、お遥は目を丸くした。

「だからね、お遥。伊織様にお願いすれば、お家騒動があったお大名の家でなにがあったのか、きっと調べてくれるよ。こんど伊織様が来た時にお願いするんだ。いいね」

　お遥は仕方なくうなずいたが、伊織に頼むかどうか決めかねていた。

午後になって伊織がやって来た。いつもは特に用がなくてもふらりと立ち寄るのだが、今日はホトトギスの初音《はつね》を聞きに行こうと誘う。

「初音の里といえば小石川《こいしかわ》の御薬園《おやくえん》のあたりだが、去年は千駄ヶ谷《せんだがや》のほうが早かったって話だぜ。そろそろ初音が聞ける頃だと聞いたからな。行ってみようじゃないか」

お遥がためらっていると、徳造がお遥の後ろから顔を出した。

「よかったじゃないか。伊織様に連れて行ってもらいな」

そして伊織のほうへ顔を向けて、「近頃、気の塞ぐことがありましてね。ちょっと元気がなかったんですよ。ありがたいことです」と珍しくなめらかな口調で言った。

「そうか。そりゃあちょうどいい。ホトトギスの初音を聞けば、気も晴れるってもんだ」

伊織と連れだって四谷御門を抜け、大通りを真《ま》っ直《す》ぐに大木戸に向かって歩いた。途中、越前屋の前まで来ると、お遥は足を止めた。

「どうした」

「ここの店の主人が殺されたの知ってますか？」

「ああ、そうだったな。弟が下手人らしいが、まだ捕まっていないそうだ」

店は番頭や奉公人が開けているのだろうが、主のいない店はなんとはなしにうらぶれて見えた。

ふいに暖簾《のれん》が割れて、薄柳色《うすやなぎいろ》の御高祖頭巾《おこそずきん》を被った女が走り出てきた。口に手を当て、嗚咽をこらえているように見える。ちょうどやって来た辻駕籠に乗った。駕籠は景気のいいかけ声とともに通りの向こうへ去って行った。

「越前屋さんのゆかりの人でしょうか。泣いていましたね」

お遥が店と駕籠が去って行ったほうを交互に見て言った。

「店主を訪ねて来て、殺されたことを聞いたんだろう。驚いただろうな」

「あの人、越前屋さんのお嫁さんになる人じゃないでしょうか」

経師屋から聞いた話から想像していた女のように思えた。

「へえ、越前屋はまだ独り者だったのか。そりゃあ、余計に気の毒だな」

再び歩き出すと伊織は、「お遥を三松屋に預けた人が見つかったそうだな」と言った。

「兄さんから聞いたんですか？」

「うん。心配していたぞ。お登代、だったかな。死んでしまったらしいとわかって、お遥が悲しんでいると」

やはりそうか、と胸が痛んだ。お遥が思っていたよりも、もっと徳造はお遥のことを心配していたのだ。自分の悲しみで一杯一杯だったのが恥ずかしい。

伊織もまたお遥のためにこうして連れ出してくれた。

「私のせいでたくさんの人が命を落としたり不幸になって、私を救ってくれたお登代さんまで死んでしまった。なんだか私がまわりの人の人生を狂わせている気がするんです。こんなことを言うと兄さんに叱られるんですが」

「お登代が死んだのは、お遥のせいじゃないだろう」

「それはそうですが……」

だが、形見の振り袖が原因で殺されたのは間違いなさそうだ。

「もしお遥が親探しを頼んできたら、引き受けて欲しいと頭を下げられた」

「えっ」

そうだったのか。なぜこんなことになったのか、だれよりも徳造が知りたいのかもしれない。

――あれからずっと逃げ続けていたのかもしれない。

徳造はそう言っていた。三松屋に賊が入った日、徳造はお遥を抱いて逃げた。そのことを隠し、弥三郎の孫として生きてきた徳造がそう言ったのは、もう、これからは逃げないという決意だったのか。

『私が大変な目にあったって、兄さんは言ったけど、大変な目にあったのは、私のまわりにいる人たちだ。私はいつだってみんなに助けてもらって、守られてきた』

「あ」と思わず声が出た。

『自分のためにではなく、守ってくれた人のために、私は知っておかなければならないんだ』

「どうした。小便でもしたいのか？」

「違います」

お遥は伊織の正面に回った。

「私の親のことを調べていただけませんか。どこのだれなのか。なにがあったのか、知りたいのです。知らなきゃならないのです」

伊織はいつもの涼しい目で、お遥をじっと見ていた。

「お登代さんは大名家のお女中で、私の乳母だったと聞きました。そしてお家騒動があったと」

「そうか。まかせておけと言いたいが、安請《やすう》け合《あ》いをしても、できるかどうかわからないぞ。お家騒動があってお遥の両親が死んだ。それが表沙汰《おもてざた》になっていれば、その家はお取り潰しになっているかもしれない。そうなれば、それ以上のことはなにもわからないぞ。それでもいいのか？」

「はい。調べていただいてわからなければ、それで諦《あきら》めがつくと思います」

「わかった。まずは十六年前に改易《かいえき》になった家があるかどうか調べてみよう」

「ありがとうございます」

見上げると、初夏の真っ青な空が広がっている。

大木戸から左に折れて裏大番町《うらおおばんちょう》の寂しい道をしばらく行き、小川に掛かった小さな橋を渡ると水車《みずぐるま》がある。その向こうには大きな木が鬱蒼と茂っていた。

「このあたりだと聞いた」

耳を澄ましてホトトギスの声を待ったが、水車の音がのどかに響くばかりで鳥の声は聞こえない。

「もう少し奥まで行ってみよう」

木立の間を縫って細い道が続いている。この先に人家があるのかと思った時、小綺麗な一軒家がふいに現れた。

「へええ」と二人は同時に声を上げた。大店の主人の別宅といった風情《ふぜい》で、木々に隠れるようにして建っている。

こんな静かな、世間と隔絶された家で暮らすのは、どんな趣味人だろうと思いをめぐらしていると、家の中から怒号が聞こえてきた。

と同時に、小柄な老婆がまろび出てきた。お遥たちを見ると、腕を伸ばして駆け寄ってくる。

「助けて。あの男がまた暴れて……」

老婆は伊織に向かって大きく手を振っている。しゃがめと言っているようだ。

戸惑いながら伊織がしゃがむと、老婆は後ろにまわって、伊織の背中に負ぶさった。見れば首の後ろに風呂敷包みを括り付けている。

「はやく」

老婆は片方の手を伊織の首に回し、もう片方で肩を叩いて急かした。

「あいつに見つかったらたいへんだ」

と老婆は家のほうを振り向いた。

家の中からまた怒声が聞こえ、皿か茶碗の割れる音がした。

状況がよくわからないが、とにかくここから離れることにした。伊織は老婆を背負って、小走りでもと来た道を引き返した。お遥もそのあとを追った。

大木戸のところまで来た時に伊織が訊いた。

「どこまで行けばいいんだ？」

「行くところなんかないんだよ。あんたの家に連れて行っておくれよ。あたしを雇ってくれ」

「雇ってくれって、あんた、あそこの家の女中なのかい？」

「そうだよ。もう、あんな家にはいられないよ」

「うちは人手が足りてるからな。お遥のとこはどうだ？」

「え？　うちは……」

「聞いたとおりだ。口入れ屋に連れて行ってやろう」

「ちゃんと人の話を聞かんか」

老婆は伊織の肩をぴしゃりと叩いた。

「家がないんだよ。口入れ屋には別の奉公先をもうたのんであるんだ。だから見つかるまでの間、どこかで世話にならなきゃならん」

世話になるという言葉とは裏腹に、横柄な態度だった。

「しょうがない。とりあえずかなりあ堂に行こう」

「どこだよ、そこは」

「平川町の飼鳥屋だ。あとで俺が口入れ屋をせっついておく」

「飼鳥屋か。あたしゃ鳥は好きだよ。だけどあの男は嫌いなんだとさ」

「あの男？」

「さっきの、ほれ、暴れてた男だよ」

「あの家の主人か？」

「主人なものか。あいつは……」

老婆の返事が怪しくなったので、顔をのぞき込むと眠っていた。

「寝てますよ。このお婆さん」

お遥は声をひそめて伊織に言った。もっとも小声でなくても起きる心配はなさそうではあるが。

「成り行きとはいえ、とんだお荷物を背負い込んじまったな」

伊織が情けない顔で笑うので、お遥もつられて笑った。だが、この老婆の奉公先が決まるまで、かなりあ堂にいるということか。

「ほら、着いたぞ。かなりあ堂だ」

伊織が店の上がり口に老婆を下ろした。

「え、ああ。着いたのかい」

老婆はそう言って大きく伸びをした。

「おや、鳥がずいぶんいるねえ」

思いのほか身軽に土間に下りると、鳥籠を一つ一つ食い入るようにのぞき込んでいる。鳥は好きだと言っていたのは本当らしい。

「なんですか、あのお婆さん」

徳造は小声で伊織に訊いた。

「マツ。あたしゃマツってんだ。耳はいいんだ」

首をすくめた徳造を見て伊織が笑った。これまでの経緯を話し、「すまないが少しのあいだ、ここに置いてやってくれ」と言った。

「はあ、伊織様の頼みとあればお引き受けいたしますが、どういう人なんですか？」

「それが俺にもよくわからないんだ。なあ婆さん、じゃなかったおマツさん」

と伊織はおマツの背中に声を掛けた。

「さっきは話の途中だったたな。あの家はだれの家なんだい？」

おマツは鳥籠のそばから離れて、こちらにやって来た。

「お紫乃《しの》さんっていう、油問屋のお妾さんの家さ。もっとも旦那はちょっと前に死んじまって、今は勝手気ままに暮らしているんだ。いい気なもんさ」

「それで、怒鳴って暴れていた男は？」

「あれはお紫乃さんが囲われる前の男で、とんでもない遊び人さ。昔の女が独り身になったとわかると、これ幸いと居着いちまったんだ。居候《いそうろう》のくせに威張り散らして、気に入らないことがあると、あたしにまで手を上げるんだ。いやなやつさ」

おマツは憎々《にくにく》しげに顔をしかめた。

「家から飛び出してきたのは殴られたからなのか？」

「いいや。今日は殴られてない。とばっちりを食う前に逃げてきたのさ」

おマツは可笑《おか》しそうにケラケラと笑った。

だが、伊織が急に怖い顔になった。

「おい、おマツ。それじゃあ、あの怒鳴り声はお紫乃さんという人に向けてのものだったのか。茶碗かなにかを投げつける音もしていたじゃないか。なぜそれを早く言わないんだ」

自分だけがさっさと逃げてきたおマツに、お遥も怒りを感じる。

おマツは口をすぼめてうなだれた。多少は良心が咎《とが》めているようだ。

「おマツさん。そのお紫乃さんという人は、越前屋さんと夫婦《めおと》になる約束をしている人ではありませんか？」

「そうだよ。よく知ってるね」

「そ、それじゃあ、その家にいた男が、ち、忠兵衛なんじゃないですか？」

徳造が震える声で言う。

「忠兵衛？　だれだいそりゃあ。そんな名前じゃないよ。留三郎《とめさぶろう》ってんだ」

「越前屋さんが殺されたこと、知らないんですか？」

お遥が言うと、おマツはぎょっとして目を剝《む》いた。

越前屋から泣きながら出てきた女。それがお紫乃だろう。たぶんお紫乃も長兵衛が死んだことを知らなかったのだ。おマツが知らないのも無理はない。

その時、お種が店にやって来た。

「ちょいと、忠兵衛が捕まったってさ。市ヶ谷の岡場所にいる馴染みの女のところへ居続けてたんだとさ。兄さんを殺しておいて、そんなとこにいるなんてずうずうしい男だよ。でもまあ、悪いやつが捕まってよかった。これで枕を高くして寝られるってもんさ。ねえ」

能天気な声が店の土間に響いた。

隣の部屋からおマツの鼾《いびき》が聞こえてくる。弥三郎が使っていた三畳間は、物置のようになっていたが、少し片付けておマツが使うことになった。布団はお種から借りた。亡くなった夫のものだという。

「お紫乃さんのところにいた留三郎っていう人が、長兵衛さんを殺したんだと思うわ」

お遥は徳造に言った。最初は小声で喋っていたが、おマツがちょっとやそっとじゃ起きないことがわかって、普通に喋っていた。

「あたしもそんな気はするけれど、伊織様は証拠がないとどうにもならない、って言ってたね」

「でも、忠兵衛さんは下手人じゃないわ」

「いやにはっきり言うね。どうしてそう思うんだい?」

そんなふうに改めて言われると、自信のない声になる。

「私も、絶対って思っているわけじゃないんだけど……。歌が……」

「歌?」

「うん。長兵衛さんが書いていたっていう高橋虫麿の歌。読売には『己《な》が父に似ては鳴かず己が母に似ては鳴かず』っていうところまでしか書いていなかったでしょう? 長兵衛さんは自分の書で枕屏風を作りたくて、練習していたのよね。だからきっと文机の上の書も最後まで書いていなくて、途中だったのよ」

「それがどうかしたのかい?」

「あの歌には続きがあって、卯《う》の花の野辺を飛び、橘《たちばな》の木で鳴いているけれど聞き飽きない、と続いて、『我が宿の花橘《はなたちばな》に住みわたれ鳥』っていうのが結句なの。つまり『私の家の花橘に住み着いてくださいい、鳥よ』ってこと。ウグイスの巣に生まれたホトトギスに、ずっと家にいてくださいって言ってるのよ。ウグイスの巣が越前屋さんの家で、ホトトギスが忠兵衛さんなんだから、下手人だっていうことを言おうとしたんじゃなくて……」

「言おうとしたんじゃなくて、なんなんだい？」

「途中までしか書いていない書を見た人が、勘違いしては困ると思って捨てようとしたけれど、力尽きてしまった」

「だから忠兵衛さんが殺したんじゃない、って言いたいのかい？」

お遥がうなずくと、「無理矢理そう思おうとしているみたいだよ」と徳造は言う。

「読売に書いてあったように、忠兵衛さんにやられたと伝えたかった、という解釈のほうが自然な気がするよ」

「そうかもしれない」

お遥もにわかに自信がなくなってきた。それでも徳造は、実は自分も下手人は留三郎ではないかという気がすると言う。

「長兵衛さんが殺されたのは、ひどい嵐の夜だったよね。その日、留三郎がどこかに出掛けていたんだったら、かなり怪しいということになるね」

明日、おマツに訊いてみよう、と話し合ってその日は寝ることにした。

どこかで野良犬が悲しげに吠えていた。


階下の物音で目が覚めた。身繕いをして下りていくと、徳造が戸惑ったように突っ立っていた。

「おマツさんが……」

お遥が問い掛ける前に徳造は言って、台所のほうに目を遣《や》った。

おマツがかいがいしく朝餉の支度をしていた。昨日までは、おマツが女中として働いている姿を想像するのは難しかった。だが今は、実にキビキビと働いている。

「おはようございます。顔を洗ってきてくださいよ」

おマツは振り返って笑顔で言った。言葉遣いまで別人のようだ。

お遥と徳造はいつものように、店の間と兼用の居間で食事をするが、おマツは台所で食べるようだ。

「おマツさん。こっちで一緒に食べよう」

徳造が言うが、おマツは「いえいえ、こちらで結構です」と遠慮する。

「なんだか違う人みたい」

食事のあとに、お遥は昨日の夜からずっと訊きたかったことを切り出した。

「長兵衛さんが殺された日、十日前の嵐の夜ですけど、留三郎はずっと家にいましたか？」

「ああ、あの雨風のひどい日だね」

おマツは額のしわをさらに深くした。

「あの日は戸締まりをして、早く寝たんだ。留三郎は酒を飲んでたね。お紫乃さんが出掛けちまったんで、朝からずっと機嫌が悪かった。それでなるべく近寄らないようにしてたのさ」

「お紫乃さんは出掛けていたんですか？」

「そうだよ。知り合いが産気づいたとかで、お産の手伝いに行ったんだ。なかなか産まれなかったら泊ってくるかもしれない、って言ってたんだけど、夜になって雨も風も強くなったからね、泊ることにしたんだろうって思ったよ」

「それじゃあ、留三郎が出掛けたかどうかわからないんですね」

お遥はがっかりした。

「留三郎が殺したんじゃないかって疑ってるのかい？　あいつに人殺しなんかする度胸があるかねえ」

「ないんですか？」

意外に思って訊く。徳造も驚いた顔をしている。

「気の小さい男なんだよ。女を殴ることぐらいしかできないんだ」

お紫乃がいよいよ気の毒になった。そんな男に居座られ、嫁入りするはずだった長兵衛は死んでしまった。これからどうするのだろう、と人ごとながら心配だった。

「そういえば、あのあとから変になったね」

「あのあと？」

「うん。嵐のあとだよ。もとから変な男だったけど、よけいに変になって、お紫乃さんを殴って暴れたかと思うと、部屋の隅で震えていたりしてさ。『あの鳥をなんとかしろ』とか『うるさい』とか急に怒鳴ったりするんだ」

「鳥って？」

「知らないよ。変な男さ」

「兄さん……。長兵衛さんは包丁で刺されたんだよね」

「そうだよ。どうしたお遥」

「私、わかった気がする。やっぱり留三郎が下手人なんだわ」

「そうかい？」

徳造は口を半開きにして納得のいかない顔だった。

「おマツさん。留三郎は今、家にいるでしょうか」

「あいつはいつも昼まで寝ているからね。いると思うよ」

「兄さん。伊織様が来たら、引き留めておいて」

そう言うなりお遥は店を飛び出した。


かなりあ堂に戻ってくると、うまい具合に伊織が来ていた。

「伊織様。よかった。これから私と一緒に留三郎のところに行ってもらえませんか」

「留三郎の？　なぜだ」

「怒ってましたよね、留三郎のこと。私と一緒に行って懲《こ》らしめてやってください。ひょっとすると、長兵衛さん殺しを白状するかもしれません」

「ええっ」とそこにいた誰もが驚きの声を上げた。

「どうして留三郎が白状するんだ。それにお遥。持っている鳥籠はなんだ」

「中にいるのはホトトギスじゃないか」

徳造は籠の中をのぞき込んで目を丸くした。

「慌てて出て行ったと思ったら、ホトトギスを買ってきたのかい？」

「そうなの。問屋でよく鳴くのを買ってきたわ」

「それを、どうしようと……」

「伊織様。はやく」

徳造の問いには答えず伊織の手を引いて、「はやく、はやく」と急かした。

四谷の大木戸に向かって早足で歩く。

「どういうことなんだ」

お遥は長兵衛が書いていた書に続きがあったことや、留三郎が嵐の日以来、ようすがおかしくなったことなどを話した。

「それで、留三郎が長兵衛を殺したというのか？　それはちょっと無理があるな」

「兄さんもそう言うの。でもね、どうしても下手人は留三郎だっていう気がするんです。でも証拠がなきゃだめなんでしょう？　この鳥が、その証拠を見せてくれるはずです」

もしも留三郎が下手人ではなかったら、その時は伊織に厳しく叱ってもらうつもりだ。お紫乃や女中を殴ってはいけないと。伊織なら、お紫乃がこれから幸せに暮らしていける方途を見つけてくれるかもしれない。

お紫乃の家は、今日も静かな木立の中にひっそりとあった。留三郎さえいなかったら、お紫乃はここで静かに暮らせるはずなのだ。

お遥は鳥籠を家の裏の木の枝に引っ掛けた。伊織と二人、木の裏に身を隠す。

「これでどうしようというのだ」

伊織は声をひそめて訊ねる。

「ホトトギスの聞き做しは、どんなのか知ってますか？」

「うーん。ホトトギスか。そうだな。『てっぺん欠けたか』とか、『本尊たてたか』とかだな」

「めずらしいところで、『包丁欠けたか』っていうのもあるんですよ」

その時、お遥が持って来た鳥籠のホトトギスが高らかに鳴いた。

耳を傾けて聞き做そうとしても、「キョッ、キョン、キョキョキョキョキョ」としか聞こえない。

すると縄張りを荒らされたと思ったのだろう。どこかから別のホトトギスが飛んできて鳴き始めた。

「キョッ、キョン、キョキョキョキョキョ」

籠の中のホトトギスと同じように鳴いているのだが、どこが違うのだろう。その鳥は「包丁欠けたか」と言っているように聞こえる。

お遥は自分の思っていた通りだったので、思わず微笑んだ。

「『包丁欠けたか』って聞こえるな」

伊織は感心してつぶやく。

「留三郎が嵐の夜に長兵衛さんを包丁で刺し殺したとします。翌日から、ホトトギスの鳴く声が、『包丁欠けたか』に聞こえてしまう。気の弱い留三郎はホトトギスに責められているように思えたんじゃないでしょうか」

ホトトギスは昼も夜も鳴く。暗くなってからこういう静かな場所で鳴かれたら、身に覚えのある留三郎の気がおかしくなったとしても不思議はない。

「包丁欠けたか。包丁欠けたか」

縄張りを主張し身をふり絞るような声は、思うところがなくても聞いているだけで切なくなる。

ガシャンと何かが割れる音がして、男の喚《わめ》く声が聞こえた。

留三郎だろう。

なにか聞き取れない言葉を大声で叫んでいる。

「伊織様。お願いします」

伊織は家の中に入っていった。お遥もそのあとに続いた。

留三郎はお紫乃の髷を摑んで引きずり倒しているところだった。

「やめないか。留三郎」

伊織の一喝に、留三郎は驚いて棒立ちになりお紫乃の髷を離した。

「どうだ、留三郎。包丁は欠けたのか」


「あたしも見てみたかったよ」

お種はかなりあ堂の店の上がり口に腰掛けて、持って来た瓜《うり》を頬張り、心底残念そうに言った。今日はお佐都も来ていて、徳造と三人でお相伴《しょうばん》にあずかった。甘くみずみずしい瓜は、井戸水で冷やしていたらしくひんやりしている。

伊織が「包丁は欠けたのか」と留三郎の腕を取って引き据えた時の話をすると、お種は大いに溜飲《りゅういん》を下げたようだ。

留三郎は顔をぐしゃぐしゃにして、「お許しください。お許しください」と泣いて、洗いざらい喋ったのだった。

お紫乃が越前屋に嫁に行くと聞いて、そうなっては食うに困ることになると慌てた留三郎は、なんとか婚礼をやめさせようとした。しかしお紫乃は留三郎に、家から出て行ってくれと泣くばかりで話にならない。

どうしたものかと思っていたところに、あの嵐の晩がやって来た。

お紫乃が知り合いのお産の手伝いだとか言って、朝から出掛けているのも気に入らない。留三郎はむしゃくしゃしながら酒を飲んでいた。お産の手伝いというのは嘘で、越前屋に行っているのでは、という疑いも頭をもたげる。

夜が更けるにつれて嵐はひどくなったが、酔いが回ってくると居ても立ってもいられなくなった。

話をつけに行ったつもりだった、と留三郎は言う。

しかし越前屋に行ってみると、奉公人はみな寝静まっており、長兵衛だけが起きていた。

すると突然、長兵衛さえいなければ自分はお紫乃と暮らしていられるのだ、という憎しみが湧いてきた。

雨と風はますます強くなり、ちょっとやそっとの物音ではだれも起きてこないだろうと、酔った頭でもそれだけは考えたという。

嵐のおかげでだれにも気付かれず、お紫乃の家まで帰ることができた。弟の忠兵衛が下手人だという噂も耳にして、これで自分が御縄《おなわ》になることもないだろうと安心していた。

　ところが、どこからともなくホトトギスがやって来て、一日中、「包丁欠けたか」と鳴く。次第に精神に変調をきたしていたところへ、伊織に「包丁は欠けたのか」と言われ、なにもかも白状したのだった。

「とんでもないやつだよ。だけどお紫乃さんという人も、長兵衛さんに助けを求めればよかったのに」

　お種が言うのへ、お佐都はうなずきはしたが異論があるようだった。

「でも、わからないでもないですね。これから所帯を持とうという人には、言いにくいかもしれません」

「そういうものかねえ。なんにせよ本当の下手人が捕まってよかったよ。あやうく忠兵衛さんが死罪になるところだったもんね」

　疑いが晴れた忠兵衛は、これからは真面目になって兄の代わりに店をやって行く、と周囲に話しているらしい。

　おマツもお紫乃の家でまた働くことになった。お紫乃は気の毒だが、気心の知れたおマツと静かに暮らしていくのではないだろうか。

「ところでさ、お佐都さん。その鳥籠はなんだい?」

「こちらに元気のいいメジロがいると聞いたものですから。お方様に申し上げたら、ぜひ欲しいと」

お佐都は空の鳥籠を膝の上に置き直した。

付け子ウグイスのよい囀りをお聞かせしようとしていたが、付け親の豊穣が死んでしまい、断念せざるを得なかった。お佐都はかなり落胆していた。ウグイスの代わりにメジロを、と考えたらしい。

「ずいぶん立派な鳥籠だね」

お種は感心して、まじまじと眺めている。

円筒形で台の部分には唐草模様の彫刻がほどこされ、鳥が出入りする扉の両側は小鳥の模様の透かし彫りになっていた。

「お方様が意匠を考えて、いくつか作らせたのです。今日はこれを持って行きなさいとおっしゃって」

よく見ると把手の下には丸く、家紋も彫られているようだ。

お遥はよく見ようと顔を近づけた。家紋は五瓜《ごか》に九曜《くよう》だった。

お遥の守り刀の袋についていた家紋と同じだ。あの時、伊織が調べてくれたが、届けが出ている中にはなかったので、定紋《じょうもん》ではなく替紋《かえもん》ではないかと言っていた。

「この御紋は？」

「お方様がお使いになっている女紋《おんなもん》です。先代の御正室様がお使いになられていた御紋です」

「先代の？」

「ええ、先代の御正室様は若くして亡くなられたそうなんですが、お持ち物をいくつかお方様が譲り受けて、それにこの御紋がありましたので、そのままご自分の御紋とされたと聞いています」

お佐都は鳥籠の扉を開けた。

メジロは今日もうるさいほどに囀っている。競うように囀っていたイカルに加え、ホトトギスも負けじと囀るので騒がしいことこの上ない。

お遥はメジロをお佐都の籠に入れてやった。

徳造のほうを見ると目が合った。徳造は小さく首をかしげてみせる。

徳造もよくわからない、ということらしい。

同じ家紋は偶然なのか。それとも……。

籠の中のメジロは二本の止まり木を忙しなく行ったり来たりしながら、鋭い声で鳴き続けていた。

第五話　抜荷《ぬけに》

「ああ、飲み過ぎちまったな」

左官屋《さかんや》の弥吉《やきち》はいい気分でさいかち河岸をぶらぶらと歩いていた。鯉《こい》でもはねたのか、桜田堀のほうでポチャリと水音がした。

土蔵の普請が今日で終わり、仲間と平川町の居酒屋で一杯やってきたのだ。麴町の大店《おおだな》の普請は手間賃もけっこうなものだった。それでつい度を超してしまった。

月にかかっていた雲が晴れて、土手の下の柳が揺れているのが見えた。

あの柳の下には、名水と名高い柳《やなぎ》の井《い》があったな、と思うと喉が渇《かわ》いているのを思い出した。

弥吉は土手を下りていった。空は雲の流れが速くて、月が足もとを照らしたかと思うと、一瞬ののちに暗闇になる、おかしな夜だった。

柳の井の涼やかな水音が聞こえてきて、弥吉は足をはやめた。

風もないのに柳の葉が揺れている。酔いが回った頭でも不思議に思いながら近づくと、人が立っていた。背の高さからして子供のようだ。

「どうした。こんな時間に一人なのかい？　おっかさんはいないのか？」

子供を脅かさないように、優しい声音で訊いた。弥吉は日頃、顔が怖いだのしゃべり方が怒っているようだの言われている。こんなところで子供に泣かれでもしたら、と思うとうっかり近づくこともできない。

「おい坊主」

なんとなく男の子だろうと見当をつけて呼びかけたが、声がかすれていた。

子供はさっきから微動《びどう》だにしない。弥吉のほうをじっと見ている。暗がりでもそれとわかったのは、顔がわずかに白っぽく見えていたからだ。

どのくらいそうやって向き合っていただろう。動かず、なにも喋らない子供からは、怪しい気配がただよってくる。その気配に呑み込まれたように、弥吉は動けなかった。

ふいに雲が流れて子供に月影がさした。

小さく丸い目がきらりと光った。

「あ」

弥吉は叫んでその場に座り込んだ。腰が抜けたのだ。

雲は再び子供の姿を闇の中に隠してしまった。だが、弥吉が見たものは忘れようがない。

黒く丸い目の下は、鼻も口もないのっぺらぼうだったのだ。

「わ、わ、わ……」

言葉にならない声を発して、四《よ》つん這《ば》いで土手を上った。

どうやって家まで帰ったか、まるで覚えていなかった。

ようやく長屋にたどり着き、女房の顔を見た途端、弥吉は情けないことに泣き出したのだった。

柳の井に化け物が出たという話は、またたく間に広まった。このたぐいの話が大好物のお種もさっそく噂の子細《しさい》を仕入れ、かなりあ堂にやってきた。江戸中で自分ほど柳の井の化け物に詳しい者はいないと豪語している。

「半ぺらぼうって言うのさ」

お種が得意気に言い放ったので、徳造とお遥は同時に吹き出した。

「半ぺらってなに？」

「半分だけのっぺらぼうだからさ。目はあるんだけど鼻や口がないんだ」

「それで半ぺらぼうっていうの？　初めて聞いたけど」

「そうだろうよ。あたしが名付けたんだ。この半ぺらぼうが恐ろしいのは、じっとしていて動かなくてなにも言わないんだけど、頭の中に話しかけてきて人の魂を抜いちまうってことさ」

「なんて話しかけるの？」

お種は至極《しごく》真面目な顔で首を横に振った。

「言葉じゃ言えないほど恐ろしいことなんだ。化け物に魅入られた人は、とにかく腰が抜けるほど驚いて頭がおかしくなって、生ける屍《しかばね》になっちまうのさ」

徳造とお遥はどう答えていいかわからず、「へええ」と声を漏《も》らした。

最初に化け物を見たのは左官屋の弥吉らしいが、今は元気で仕事に行っているとも聞いた。どこかで話に尾ひれがついたらしい。

「あたしが聞いた話では」と徳造は遠慮がちに言う。

「あれは子供の幽霊だそうだよ。和泉屋さんの小僧さんなんだけど、奉公がつらくて逃げ出して桜田堀に身を投げたって……」

「それは違う」

徳造の言葉を遮って、いつの間にやってきたのか、この間の経師屋がぴしゃりと言った。いやに自信ありげだ。経師屋の彌左衛門は今日も手に読売を持っている。

「これをご覧なさい。柳の井の化け物は鳥の霊に違いないのです」

「鳥ですか？」

三人は頭を寄せて読売をのぞき込んだ。

「なんだよ、鳥じゃなくて犬って書いてあるじゃないか」

お種が小馬鹿にしたように笑った。

読売には、『犬の霊ふしぎの次第』とあり、その隣には駕籠に乗った人物が大きく描かれている。その人はでっぷりと太った男なのだが、なんと犬の頭がついていた。犬を殺したために金神《こんじん》のバチがあたり、罪滅ぼしのために伊勢《いせ》と四国《しこく》の霊場を巡る旅に出たと書かれている。駕籠に乗っているのはその様子らしいが、小脇に魚の頭を抱えているのはどういう訳なのだろう。文の最後は「あまりめづらしきゆへ　かく四方にしらしむなり」と結ばれている。

「犬を殺した男が犬になってしまったって書いてますね」

お遥が言うと、彌左衛門はにっこりと笑った。奥まった小さな目は笑うと意外に愛《あい》嬌《きょう》がある。

「そうでしょう？　犬を殺せば犬になり、鳥を殺せば鳥にされる。天罰というのはそういうものなんですよ」

彌左衛門は得意気に胸を反らした。

「なんで鳥なんだよ」

お種は彌左衛門に注目が集まっているのが気に入らないらしく、噛《か》みつくような剣幕だ。

「知らないのかい？」

彌左衛門も負けじと言い返す。

「左官屋の弥吉さんが見たものを描いた絵があるんですよ。あたしはそれを見たんだ。子供のようであり、鳥のようでもあった。弥吉さんも最初は子供だと思ったけれど、今にして思えば鳥に近いかもしれないと言ってましたよ。だけど鳥にしては大きいんだ。背丈がこのくらいはあるそうだ」

と彌左衛門は自分の胸の下あたりを手で示した。

「のっぺらぼうに見えたのは鳥の嘴ということになるんだが、嘴だとするとこれがまた恐ろしく大きな嘴で、まあ、鳥の化け物ということになるだろうね」

人のようにも見える鳥の化け物と聞いて、前に見た読売を思い出したという。彌左衛門は読売を買って読むのが好きで、買ったものはすべてとってあるのだそうだ。

「天罰で犬になった男がいるなら、鳥を殺して鳥になった子供がいてもおかしくないってね」

徳造は感心して、「なるほど」とうなずいた。

お種がお多福のように頬をふくらませて彌左衛門をにらみつけた。


「そりゃあお種も面白くないだろうな」

お種に同情する言い方だが、伊織は笑いをこらえている。

徳造も笑いをこらえていたが、ふいに真顔になった。

「あたしは信吾《しんご》の幽霊かと思いましたよ。そんなことをまことしやかに言う人もいましたんで。でもそうじゃなくてほっとしました」

紙問屋の和泉屋から逃げ出した信吾は、いまだに行方知れずで、母親が死に物狂いで探し回っているという。

「そうだな。しかし信吾はどこに行ってしまったんだろうな。なんでも和泉屋は人使いが荒いというじゃないか。小僧だけじゃなくて、水仕《みずし》の女中や手代《てだい》まで逃げ出すという噂だ」

「ひどいですね」

お遥は顔をしかめた。

「でも信吾さんが桜田堀に身を投げた、なんて噂はどこから出たのかしら」

「桜田堀のあたりを走って行くのを見た人がいるんだ。で、そのあとで水音が聞こえたのだそうだよ」

「たったそれだけで、そんな噂が広がったんですか？」

お遥は呆れて目を丸くした。信吾の幽霊ではなく、半ぺらぼうだろうが鳥の化け物だろうが、それのほうがはるかにましだ。

母親がどんな思いで探しているかと思うと胸が痛んだ。

「経師屋が言っていた、鳥の化け物というのはどんなだ？　読売に絵が載っていたのだろう？」

「読売に載っていたのは、犬の化け物だったんですよ。頭が犬で体が男なんです。犬を殺して犬の化け物になったのなら、鳥の化け物もいるだろうって。なんでもその化け物を見た弥吉さんが絵を描いたんですけど、子供にも鳥にも見えるんだそうです」

「その絵は弥吉が持っているのか？」

「さあ、そこまでは。伊織様、鳥の化け物に興味があるんですか？」

「いや、そういうわけではないが」

「意外ですね。化け物がお好きとは」

「だから違うと言っておるだろう。そんなことはどうでもいい。今日はお遥に言うことがあって来たんだ」

伊織は神妙な顔で、前に頼まれていたお遥の親探しが、手詰まりになってしまったと言った。十六年前あるいはその前後に、お家騒動と言えるような問題があった大名家はなかった。お家騒動だけではなく、他の問題でお取り潰しになったり、お咎めを受けた家もなかったという。

「役に立たず、すまないな」

伊織は頭を下げた。

「謝らないでください。伊織様にお願いしてわからなければ、諦めようと思っていました。これで諦めがつきます」

お遥は微笑みを返した。だがすぐに思いついたことを口にした。

「御当主が病かなにかでお亡くなりになった家はないのでしょうか？」

思いつきだったが言葉に出すと、そこからなにかがわかるような気がした。徳造も身を乗り出して伊織の返事を待っている。

「あった」

伊織は徳造とお遥を交互に見て、ごくりとつばを呑み込んだ。

「御当主が食あたりで亡くなった家があった」

「平岡様ですか？」

「そうだ。肥前《ひぜん》の国、小木藩《おぎはん》の当主、平岡道正《みちまさ》様が亡くなられている。だが、妻子についての記述はなかった。なぜわかった」

お遥は、お佐都の持っていた鳥籠の話をした。平岡様の御側室《ごそくしつ》、お万の方様が先代の御正室の持ち物を譲り受け、それに五瓜に九曜の紋があったのだと。

「なるほど。お家騒動の果てに当主が死亡し、それを食中毒ということで報告したのか。ありそうなことだな」

伊織は、仮に大名家で跡目争いがあり、死人が出たとなれば、ましてそれが当主ならば、その家は間違いなくお取り潰しになると言う。

「平岡家の当主は本当に食あたりだったのか、そこのところを調べれば奥方様やお子様のこともわかってくるだろう。もし今も健在なら、平岡様はお遥の親ではなかったということになる。だがもし……」

伊織はお遥の不安な気持ちを見越したように、真剣なまなざしでお遥を見つめた。徳造は死んでしまった人のために真実を知らなければならないと言った。お遥もその通りだと思う。

自分の親がだれなのか、知らなくてもいいと思ったこともあった。だが自分はどんな人の子供なのか知りたいという気持ちは、隠しようもごまかしようもなく、いつも心の奥にある。親がわかるかもしれない、と事態が動き始めれば、お遥の気持はやはり平静ではいられなかった。

「お遥、どんな結果になってもお遥はお遥だ。忘れるな」

伊織はお遥の肩にそっと手を置いた。ぬくもりが伝わる。伊織の優しさが胸の中に沁みてきた。

その時、お種が店に飛び込んできた。

「ちょいと、鳥の化け物が今度は溜《た》め池《いけ》のほうに出たんだってよ」

お種が命名した「半ぺらぼう」は定着せず、いつの間にか人々は鳥の化け物と呼んでいた。お種も内心は悔しいのだろうが、鳥の化け物と呼ぶことにしたようだ。

「榎坂《えのきざか》のところに水番屋があるだろう？　あの辺で見たって人が何人もいるんだよ」

「へえ、何人も。それじゃあ水番のお爺さんも？」

水番屋にはずっと前から水番の老人がいて、分水の水量調節を行ったり、汚れを防ぐために見回りをしたりしていた。あの老人はたしか耳が遠かったはずだ。

「それは知らないね。見たかもしれないけど」

そう言いながらお種は店を出て行こうとする。

「もう帰っちゃうの？」

お遥が引き留めると、お種は言った。

「経師屋に教えてあげるんだよ。きっと知らないだろうからさ」

お種は芝居じみた顔で哀れんでみせ、声を上げて笑うと店を出て行った。

「経師屋と張り合っているのか」

伊織は呆れてお種の背中を見送った。


「どこへ行くんだい？」

お遥がこっそり店を出ようとすると、徳造が振り返りもせず静かな声で訊いた。カナリアの籠の、敷き藁を取り替えているのだが、いやに丁寧な手つきだ。お遥がどこへ行こうとしているのか見透かしているようだ。

「えーっと、ちょっとそこまで」

徳造は立ち上がって振り返り、怖い顔をしてみせる。

「鳥の化け物を見に行くんじゃないだろうね。面白半分で見に行って、もし鳥の化け物がとんでもないものだったら、どうするんだい？」

「とんでもないものって？」

「ええっと、それはわからないけれど、わざわざ危ないところに近づくことはないよ」

「うん。大丈夫。遠くから見るだけだから」

これ以上徳造になにか言われないよう、急いで店の外へ駆けだした。

「お遥、遠くからでもいけないよ」

徳造の声が遥か後ろで聞こえた。

水番屋のそばで何人もの人が鳥の化け物を見たのなら、水番の老人も見たかもしれない。

お遥はこの噂を聞いたはじめから、化け物の正体は信吾ではないかと思っていた。和泉屋から逃げ出した信吾が、最初は柳の井に隠れていた。人目につかないように、昼間は藪《やぶ》の中にでも隠れていたに違いない。化け物に見えたのは、覆面《ふくめん》でもしていたのか。

そして水番屋のそばに移動して、番人の老人に匿《かこ》われているのではないだろうか。信吾がそこにいたとして、和泉屋に帰らせるようなことはしないつもりだ。ただ心配している母親に教えてやりたかった。

赤坂御門を抜けて、榎坂へと歩を進める。途中、溜め池のへりを補強するために、たくさんの桐《きり》が植えられた、赤坂桐畑と呼ばれる道を通る。今日の空がどんよりと暗いせいばかりでなく、ひどく薄暗い陰鬱《いんうつ》なところだ。榎坂を上って少し行くと、水番屋が見えてきた。粗末なその小屋に、番人の老人が一人で住んでいるはずである。

「ごめんください」

お遥は戸を叩いて声を掛けた。何度か繰り返して返事を待ったが、中からはなんの答えもない。戸板に耳を付けて中を窺うが物音はしない。

「すみません。おじさん。お留守ですか？」

お遥は戸をそっと開けて中に入った。

土間の右手には竈《かまど》と流しがあり、水瓶が置いてある。左手は六畳ほどの畳の間で、土間の突き当たりには物入れらしい大きな引き戸があった。

「おじさん。お留守の時に、ちょっとごめんなさいね。あとで謝ります。物盗りじゃありません」

お遥はそんなことを言いながら、土間を真っ直ぐに進んだ。信吾が匿われているとすれば、こういう物置ではないだろうか。

引き戸に手を掛けて開けた。

「あ」と叫びそうになった口を押さえて、お遥は二、三歩後ろに下がった。

物入れの中には、子供と鳥が並んで立っていた。

男の子と鳥の背丈は同じくらいで、経師屋の彌左衛門が言っていたように、鳥の嘴は驚くほど大きく、小さな丸い目がこちらをじっと見ている。

男の子のほうも、ものも言わずやはりお遥をじっと見ているのだった。

「あなた、信吾さんでしょう?」

返事はない。二人はまるで兄弟のように似ているまん丸な目で、警戒心をあらわにしている。

「私は味方よ。ずっとここに隠れていたの? ここのおじさんが助けてくれていたの?」

なにを訊いても答えず、鳥もまた微動だにしない。

生きているのだろうか、とお遥は疑った。ひょっとすると作り物の人形ではないのか。

お遥は恐る恐る手を伸ばし、胸のあたりの羽を触ろうとした。鳥は全体が灰色で、背中の部分が濃い色をしている。頭頂部からややうしろに同じ色の冠羽《かんう》が、広がった筆先のようにくっついていた。

鳥の胸に触れると温かく、かすかに鼓動も感じる。

驚いたことに鳥は、お遥が触っても逃げるどころか身じろぎもしなかった。もし、この大きな嘴で襲われたら、ひとたまりもないだろうと思われたが、なぜかこの鳥にそういう恐ろしさを感じなかった。

胸を撫でていた手を首に移す。太く、さほど長くない首だ。はじめは怖いと思った目も、なんだか可愛らしく見えてくる。

「おやまあ、見つかっちまったのか」

入り口から入って来たのは、水番の老人だった。

「すみません。勝手に入って」

お遥は老人に頭を下げた。

「あんた、この子の姉さんかい?」

「いえ、私はかなりあ堂の遥といいます。和泉屋さんのとこの小僧さんが逃げ出したと聞いて、ひょっとしたらこちらにいるんじゃないかと思って」

「わしはね、気付かないふりをしていたんだ。昼間はそこに隠れていて、日が暮れると外に出て、その鳥みたいなやつに水浴びでもさせるのか、溜め池のほうに連れて行くんだよ。で、こっそり戻ってきて、またそこの物入れに入っているんだな。飯を多めに炊いておくとなくなっているから、まあ、死にはしないだろうが、どうしたものかなと思っていた。姉さんが迎えに来たのならよかったな。坊主」

老人はにこにこと笑って話をするが、話が嚙み合わない。そういえば耳が遠かったのだ。

お遥は信吾のほうへ向いて言った。

「和泉屋さんには帰りたくないのでしょう？」

信吾はこくりとうなずいた。

「私があなたのおっかさんに、そう言って頼んであげますよ。大丈夫。さ、帰りましょう」

お遥は信吾に手を差し出した。すると信吾はお遥の手から顔をそむけ、隣の鳥の首に抱きついた。

鳥は抱きつかれても、相変わらずなんの反応もない。

「鳥と離れたくないの？」

「先達《せんだつ》さん」

信吾がはじめて口を開いた。

「え？」

「名前だよ。先達さんっていうんだ。おいらをここまで連れて来てくれたんだよ」

和泉屋を逃げて来た信吾は、柳の井でこの鳥に出会った。日が暮れるまでは、鳥と一緒にそこで身をひそめていた。そのうちに雨が降ってきたので、二人で雨をしのげる場所を探して歩き始めた。そしてこの水番屋にたどり着いたのだという。

あたりまえだが、言葉を交わしたわけではない。それなのに信吾は鳥と心が通じ合っていたという。

耳が遠い水番屋の老人のおかげで、咎められることもなく物入れに隠れていた。信吾は台所の飯などを盗み食いして、鳥は日暮れから水辺で魚を捕って腹を満たしていたのだそうだ。

「先達さんと離れたくないのはわかるけど、信ちゃんのおっかさんが心配しているよ」

信吾はさすがに涙目になってうなだれた。

「ね、私と一緒におっかさんのところに帰ろう」

お遥が手を取ろうとすると、信吾は手を引っ込めて後ろに回してしまった。

その間も鳥は少しも動かず、まるでこちらの話を聞いているような思慮深《しりょぶか》げな顔をしていた。

「わかった。今日は帰るね。でもどこかに行ってしまわないでこの家にいてね。おじさんには私からよく頼んでおくから」

お遥は水番屋の老人に、必ず迎えに来るので、くれぐれもよろしくとお願いした。

「ああ、そうかい。またおいで」

どこまで通じているかわからないが、信吾と鳥を追い出すようなことはなさそうだ。


すぐにでも信吾の母親に知らせて安心させたかったが、信吾と鳥の処遇が決まらないうちは、黙っている方がいいように思った。万が一、母親が和泉屋に帰らせてしまうようなことにでもなったら信吾が可哀想だ。

お遥が徳造に相談しようと急いでかなりあ堂に戻ると、伊織が来ていた。

「お遥、喜べ。抜《ぬ》け荷《に》の一味が捕まったぞ」

「抜け荷って、あの抜け荷ですか？　お上の目を盗んで勝手に異国人と商売をする……」

それがなぜ、お遥が喜ぶことになるのかわからず、ぽかんとしていると、伊織は珍しく照れて赤くなった。

「おう、そうさ。その一味の中に市五郎《いちごろう》という男がいてな。二年前にも同じようなことをやって、一度捕まったのだが逃げたのだ。前科があるので死罪になるはずだが、苦し紛れに命乞いをしている。これが驚いたことに、平岡様の御家臣を呼んで欲しいとほざいているんだ」

伊織は、どうだというように、ニヤリと笑った。

「これから市五郎を締め上げて、なぜ平岡様の御家臣の名前が出てきたのかを吐かせてやる」

わざわざそれを教えに来てくれたようだ。お遥が、「ありがとうございます」と頭を下げると、伊織は、「いいってことよ」と手を振って帰ろうとした。一旦店を出たが、戻って来た。

「鳥の化け物な、あれは市五郎一味が和蘭陀《オランダ》から買い取ったものの中に紛れ込んでいたらしい。江戸で見世物小屋に売るつもりだったのが、逃げてしまったのだそうだ」

「もしその鳥が見つかったら、どうなるんですか？」

「そうさな。とりあえずは浜御殿《はまごてん》で飼うことになるかな」

「そのあとは？」

「うーん。鳥の図譜を作っているお方がいらっしゃるから、その方がご覧になっていろいろ調べるだろう」

「で、そのあとは？　だれが鳥の面倒を見るんですか？」

「それは役人だろうが、面倒を見切れなくなったら、味見《あじみ》をするかもな」

「味見」

お遥は大声で叫んだ。声が裏返っている。

「そりゃあそうだろう。まがりなりにも鳥なんだからどんな味がするか、ってとこまで確かめなければな」

どうもお遥をからかっているようだが、万に一つでもそんなことになったら、信吾になんと言えばいいのか。いや、信吾だけではない。お遥も、ほんの短い時間だったが、あの鳥のことが好きになっていた。

信吾が先達さんと名付けたように、どこか達観しているようなところがある。熊野《くまの》先達のように道案内をしてくれそうな風格があり、頼もしく賢い鳥という印象だ。はじめは怖いと思った姿も、見慣れればどうということはないし、なによりもあの小さな丸い目は愛らしいとさえ思う。

お遥の中で、先達さんをどうするかが決まった。

伊織が帰ってしまうと、すぐに徳造に信吾と鳥のことを話した。

「そうかい。一緒にいたのかい。いやあ、無事でよかった。だけど、いつまでもそこにいるわけにいかないよね。どうするんだい？」

「私に考えがあるの」

お遥はそう言って、「ふふふ」と笑った。

「なんだい？　教えておくれよ」

「あとでゆっくり話すわ。急がなきゃ。お役人が先に見つけてしまったら大変。先達さんが食べられちゃう」

「先達さん？」

「鳥の名前よ。それと兄さんにお願いがあるの。信吾さんの別の奉公先なんだけど、うまくいったらそれも見つかるかもしれない。それでね……」

お遥は徳造になにをして欲しいか具体的に言った。徳造は怪訝な顔をしていたが、信吾の新しい奉公先が決まるかもしれないと聞いて、急いで店を出ていった。

お遥は向かいの唐物屋《からものや》のおじさんに店のことを頼み、平岡様の御屋敷へと急いだ。

抜け荷の一味が平岡様の家臣の名前を口にしたことが、気になっているが、これは伊織の調べを待つしかない。今はとにかく少しでも早く、先達さんを安全なところへ移さなければならない。

息を切らして富士見坂《ふじみざか》を駆け上り、大きな屋敷の築地塀《ついじべい》と畑の間の細い道を走り抜ける。小川に掛かる小さな橋を渡ると、そこが平岡様の御屋敷だ。

ここに来るのは四度目だ。門番の男はお遥の顔を覚えているので、すぐにお佐都を呼び出してくれた。

「お佐都さん。すごく可愛い鳥がいるの。江戸中の、ううん日本中の人が知らない鳥よ。大きくて賢くてすごく珍しいの」

お遥が息もつかずに話すと、お佐都は「ちょっと待って、鳥ってなんのこと？」と遮った。

「あ、ごめんなさい」

お遥は順を追って話した。御屋敷にいるお佐都の耳には、鳥の化け物の噂は入っていなかったようだ。

「お方様にご覧に入れたら、きっとご気分もよくなると思うわ」

来月はいよいよお子様が御正室のもとで養育されることとなり、お万の方様の気鬱の病はいっそう悪くなっているという。

「そう」

お佐都はいぶかしむように小首を傾《かし》げた。

無理もないのだ。お佐都は先達さんを見ていないのだから。

「もしお役人に鳥を見つけられたら、食べられてしまうかもしれないの。お願い」

お遥は手を合せてお佐都を拝んだ。

「それでは仕方ありませんね。そんな可愛い鳥が食べられてしまうなんて。いいわ。お方様に伺ってみましょう」

「それから、お世話係の小僧さんも雇っていただけませんか？　とても賢い子で、鳥もなついていますし、今も世話をしているのです。どうか、お方様にお口添えをお願いします」

お遥は改まって頭を下げた。

「お世話係の？　そうは言っても、その小僧さんを見てみないと……」

「はい。お方様の了承をいただけたなら、こちらに母親と一緒に来てもらう手筈《てはず》になっています」

さっき徳造に頼んだのはそれだった。まずは母親に信吾が見つかったことを知らせ、水番屋で対面させる。そのあと鳥と一緒に平岡様の御屋敷に行くという企てだ。

もしお方様が鳥はいらないと言えば、水番屋で待っている徳造たちには、そこから口入れ屋に行って貰《もら》おうと思っていた。

お佐都はお方様の御居間に行った。

しばらくしてお佐都が戻って来た。

「どうでした？　お方様はなんておっしゃってましたか？」

お佐都はにっこりと笑った。

「ぜひに見てみたいと。それにそんなに珍しい鳥ならば、扱いの慣れた者が必要であろう、とおっしゃっていましたよ」

「ありがとうございます」

お遥は深々と頭を下げた。本当はお佐都に抱きつきたいほど嬉しかった。

鳥を人目につかないように連れてくるための駕籠と、万一、言うことを聞いてくれない時のために魚を用意してもらった。

お佐都も一刻も早く鳥を見たいと言って、一緒に水番屋まで行くことになった。

御屋敷の御門を出て驚いた。

そこには絢爛《けんらん》豪華な女乗物《おんなのりもの》があった。黒漆《くろうるし》塗りに唐草模様の金蒔絵。それが金粉、銀粉で飾られている。側面の窓には簾《すだれ》があり、白い房《ふさ》が下がっていた。

なによりも目を引くのは、正面の丸い金具だ。金色に光る金属には、五瓜に九曜の紋が刻み込まれていた。そして乗物を担ぐ奴《やっこ》が四人。さらに警護のために二本差しの家人《けにん》までつけてくれた。

物々しい行列が護国寺《ごこくじ》の門前町に差し掛かった時、向こうから来る伊織に行き会った。

お遥は小声で、「伊織様にはご内密に」とささやいた。お佐都も小さく、「ええ」と答える。

伊織は、「これはこれは」とお遥とお佐都をじろじろ見たあと、家人に軽く会釈《えしゃく》をし、さらに女乗物をしげしげと見た。

お遥が持っている平笊《ひらざる》に目をとめ、「鮎が二匹」と歌うようにつぶやいて通り過ぎる。

お遥は伊織がなにか気付いたのではないかと気が気ではなく、ついすれ違いざまに伊織を見てしまった。

伊織もお遥のほうを横目で見て、ニヤリと笑う。

伊織が通りの角を曲がったのを確かめて、お遥はお佐都に話しかけた。

「気付かれたでしょうか」

「どうもそのようですね。ですが女乗物に乗せてしまえば、だれにも手出しはできません。こうして警護の者だっているのですから、心配はいりませんよ」

お佐都の頼もしい言葉にひとまず安心した。


水番屋では信吾と母親が親子の対面を終え、お遥たちが到着するのを待っていた。母親は二度と離すものかと言わんばかりに、信吾を膝立ちで抱きしめていた。その横で徳造がにこにこして立っている。

そして先達さんは相変わらず何事もなかったような顔で、じっと前を見て立っていた。

「この鳥はなんという鳥なのです？」

お佐都はお遥の後ろに隠れるようにして、怖々《こわごわ》鳥を見ている。

「名前はわからないのです。ねえ、兄さんも知らないでしょう？」

「うん、こういう鳥は絵図でも見たことがない」

「先達さんだよ」

信吾が不満そうに言った。

「そうだったね。信ちゃんがつけた名前だったわね。信ちゃん、先達さんは平岡様の御屋敷で飼われることになったのよ」

お遥は母親の目を見て言った。

「信ちゃんは和泉屋さんには戻りたくないと言ってます」

「はい。聞きました。でも信吾には奉公に行ってもらわないと……」

「別の奉公先をお世話したいのですがいいでしょうか」

「別の？」

「平岡様の御屋敷でこの鳥のお世話をするのです。どうでしょう」

母親の顔がぱっと輝いた。

「御屋敷の……。願ってもないことです。でもこの子に務まるでしょうか」

「鳥のお世話は私の仕事ですから、私を手伝ってもらうことになります」

母親はお佐都をまぶしそうに見たあと、土間に額をこすりつけた。

「どうか、どうかよろしくお願いします」

先達さんの世話ができることがわかって、信吾は嬉しそうだった。先達さんはやはりじっと立っているだけだが、心なしか嬉しそうな目をしている。

「それじゃあ、乗物を入り口にぴったり着けてもらえますか？」

お遥は鮎の載った笊を先達さんに見せた。

「さあ、いらっしゃい」

乗物の中に鮎を置き、「お願い。狭いけれど中に入ってね」と言うと、先達さんは少し考えたあと、おとなしく中に入って行き、静かに膝を折って座った。

「まるで人みたいね」

お佐都はいまだにお遥の後ろに隠れていたが、感心して言った。

扉を閉めて出発すると、徳造は口を開けてその豪華な乗物に見入っていた。

「兄さん」

お遥は可笑しくて徳造を肘《ひじ》で小突いた。

「あ、いやあ。あんまり綺麗なもんで」

信吾の母親もびくついて腰が引けていた。ただ信吾は肝が据わっているのか、平気な顔で乗物の後ろをついて行く。

御屋敷に着くと御殿の奥に通された。前に来た時はお女中の詰め所を見ただけだった。その時も部屋の立派な設えに驚いたものだったが、ここはその比ではない。

磨き抜かれた廊下。松の絵が描かれた襖。鯉の泳ぐ池。さすがの信吾もきょろきょろとあたりを眺め回していた。

お女中に先導され、どのくらい歩いたかわからないほど長らく歩いて、ようやく目的の場所に着いたようである。

二十畳ほどの部屋には、すでに女乗物が到着していた。乗物の扉は閉まっており、お女中が至極真面目な顔で横に座っていた。

信吾は部屋に入るなり、「先達さん」と鳥の名を呼びながら駆け寄った。

お女中が慌てて腰を浮かし、信吾の母親は取りすがって押しとどめた。

そこへお万の方様が現れた。

全員が平伏する中、お遥だけが頭を上げたままだった。お方様の美しさに圧倒されたのだ。小柄なお方様は顔も小さく細面《ほそおもて》。細い目が眠たげで、赤い紅をさした小さな唇は、ほんの少し開いていた。お佐都から聞いていたように、ご気分がすぐれないようで顔色には血の気がなかった。それでも豪華な打ち掛けは、杏《あんず》色の地に赤と紫の牡丹が咲き乱れる華やかなものだった。

「これ、お遥」

徳造が小声で叱り、お遥の頭を手で下げさせた。

お方様の後ろからお佐都がやって来る。

「この者が信吾とその母親でございます」と乗物のそばで平伏している二人を指して言った。

「そうか。鳥を」

お女中は女乗物の扉を開いた。そして中を見て、はっと息を呑み、一歩後ろに下がった。先達さんの姿を見て驚いたらしい。だれでも最初は驚くのだ。ちらりと見て鳥の化け物と思われるような、怖い顔つきをしているのだから。

先達さんはおとなしく中で座っていた。笊に載っていた鮎は二匹とも食べたようだ。

「鳥をこれへ」

さすがにお方様は怖れることもなく、悠然《ゆうぜん》と座っている。

お女中はどうやったら鳥を乗物から降ろせるのかわからず、手をこまねいていた。

それを見ていた信吾はすっと立ち上がり、「先達さん、出ておいで」と鳥の首に手をまわした。

鳥が乗物から出てきた。

「これはなんという鳥じゃ」

「先達さんです」

信吾が賢《さか》しげに言う。

お遥は前に進み出て、「なんという鳥なのか、今のところだれにもわからないのです。とても珍しい鳥でございます」と言った。

「この者は飼鳥屋のお遥でございます。後ろにいるのが兄の徳造です」

「そうか。そなたのことはお佐都から聞いておる。いろいろ世話になったのう」

短いが真心のこもった言葉に、お遥は感激して平伏した。

かなりあ堂から、鶉《うずら》やメジロを買ったことを言っているのだろうが、そんなことを心に留めて礼を言ってもらい恐縮してしまった。

お方様は立ち上がり鳥の前に立った。何も言わず、その珍しい鳥を見下ろす。

先達さんは、ちらりとお方様を見上げた。その時一瞬目が合ったようである。だがすぐに視線を正面に戻し、悟りを開いたような顔で、じっとどこか遠くを見ていた。

しばらくそうやって向き合っていたが、お方様は急に「ふふっ」と笑った。

「面白い鳥じゃ。庭で飼うことにしよう」

お佐都の進言どおり、信吾に手伝いをさせることにもなった。

「ありがとうございます」

だれに言われたわけでもないのに、信吾は両手をついて礼を述べた。

そのようすを見て、お方様は「賢い子じゃのう」と微笑んだ。お方様の頬に薄く赤みが差した。

信吾の母親は、「ありがとうございます。ありがとうございます」と涙ながらに何度も頭を下げて礼を言うのだった。

お種が持って来てくれたわらび餅は、きな粉が掛かっていてほんのり甘く、口の中ですっと溶けるように消えていく。

「んー、美味しい」

お遥が感嘆の声を上げると、徳造もにっこり笑って同意した。

「いつもありがとう」

このわらび餅は、高価なわらび粉がたくさん使われているようで、とても上品な食感で、これまで食べたわらび餅とは別物だった。

「そうかい？　お客さんにもらったんだよ」

お種は不機嫌そうに言って、楊枝《ようじ》にさしたわらび餅を口に入れた。

お遥と徳造は目を見合わせて、ちょっと首をすくめた。

お種の機嫌が悪いのは、この数日、鳥の化け物の噂がぱったりなくなり、飽きっぽい江戸っ子がすっかり興味をなくしてしまったからだった。代わりに人々の口の端に上るのは、深川《ふかがわ》沖に現れた二頭の鯨《くじら》だった。鯨としては小さいほうだが、それでも六間半（約十二メートル）もあるという。見物人が毎日大挙して押し寄せているらしい。

お種は、子供か鳥かよくわからないその化け物が、よほど気に入っていたようだ。噂を集めるためにあちこち走り回っていた頃は、実に生き生きしていた。

その化け物は実は珍しい鳥で、今は平岡様の御屋敷で飼われている。それをお種に教えてやりたいのだが、もし伊織の前で口を滑らせては、と徳造と相談して知らせないことにしている。伊織が知れば浜御殿に連れて行かれ、運が悪ければ食べられてしまうかもしれないのだ。

お種には申し訳なく思っていた。化け物の正体を知っていながら黙っていることも、平岡様の御屋敷にこっそり連れて行ったことも。

お遥は信吾のことも気になって、あれから度々御屋敷に遊びに行くようになっていた。

お方様は最初の印象とは違ってけっこう気さくな人柄で、お遥とも気軽に口をきいてくれるのだった。先達さんをことのほかお気に召したようで、いつもそばに置いて可愛がっている。

そこへ伊織がやって来た。

「おっ、美味そうだな」

みんなが食べているわらび餅を期待を込めて眺めた。

「伊織様の分はないよ」

お種が無愛想に言う。

「一足遅かったですね。私の分は食べちゃいました。すっごく美味しかったです」

お遥は、「えへへ」と小さく舌を出した。伊織の仏頂面《ぶっちょうづら》に、ついにお種も吹き出してしまった。

「伊織様、近頃顔を見せなかったじゃありませんか。久しぶりですね」

「いろいろと忙しかったものでな。抜け荷と一緒にやって来た例の鳥だがな、どこへ逃げたかわかったぞ」

そう言って伊織はお遥の顔を、意地の悪い目で見た。

お遥は背筋がひやりとしたが、「へぇえ、そうですか」と空とぼけた。

鳥の化け物と伊織の言う鳥が、同じものであるとお種が気付いたらどうしようと冷や汗が出る。しかしお種はなんのことかわからないようで、お遥と伊織の顔を見比べていた。

「あ、そうだ。あれ、どうなりましたか？」

お遥は慌てて話をそらした。

「うーん。それなんだが、もう少し待ってくれ」

「なんだよ、さっきから。二人だけでわかる話ばっかりしてさ」

お種は口を尖《とが》らせてすねた。

「ごめんなさい。私の親のことがわかりそうで、伊織様に調べてもらうようにお願いしていたの」

「そうだったのかい。そりゃあよかったね。お遥ちゃんの親なら、きっと立派な身分の人だよ。おっかさんだって間違いなく美人だろうね」

お種には、お遥の両親が死んだことはまだ言っていなかった。親がどういう人だったのかわかってから言おうと思っていた。

それにしても、伊織はあの鳥をどうするつもりだろう。

お方様は先達さんのために鳥小屋を作ろうとしていた。それはお遥が進言したのだが、御居間から少し離れたところに小屋を作り、お方様はそこまで歩いて行く。そうすれば多少なりとも運動になるし、なにより日の光を浴びれば、気鬱の病もよくなるのではないかと思ったからだ。

この案にはお方様も大変乗り気で、お遥が描いた絵図面を眺めては、鳥小屋の前に作る池は先達さんが遊べるようにもっと大きく、などと意見を言っては楽しそうにしていたのだ。

伊織が帰っていくあとを、お遥は追いかけた。

「ほんとうに鳥の居場所がわかったのですか？」

「護国寺の向こうの大名屋敷に逃げ込んでいた。表向きはな」

「表向き……」

「お遥、そなた手を貸したな」

すべて調べはついているようだ。どうやってそこまで調べたのか、空恐ろしくなった。

「伊織様、お願いです。このままそっとしておいていただけませんか？　お方様はもうすぐお子様と離ればなれになってしまうので、とても苦しんでいます。あの鳥のおかげで、ほんの少しだけお元気になられたんです。鳥がいなくなったら、またお加減が悪くなってしまいます。それに和泉屋さんから逃げ出した信吾さんが、今はお佐都さんを手伝って鳥の世話をしているんです。信吾さんのためにも、このまま平岡様のところへ置いておくことはできませんか？」

「そうか信吾が……。それは知らなかった。だがな、お遥。あれはこの国でだれも見たことのない珍しい鳥だ。お方様のお庭で、だれにも知られずこっそり飼っていいものではない。しかるべき人物に見せて、どのような生き物なのか明らかにしてもらわねばならない」

「やっぱり浜御殿につれていかれるんですか？　それからどうなりますか？」

先達さんの行く末が案じられてならなかった。そしてお方様や信吾がどんなに悲しむだろう、と思うとお遥は涙が出てきた。

「あの鳥がこれからどうなるのかは俺にもわからない。ただ浜御殿は上様が時折ご訪問されるところだ。お方様やお遥がその鳥を、そんなに可愛いと思ったのなら、上様もまたお気に召すのではないだろうか。そうなれば大切に扱われ、きっと天寿《てんじゅ》を全うするだろう。そう願おうじゃないか」

お遥は涙をこらえてうなずいた。それしかできなかった。


伊織が届けてくれた掛け軸は、御城の絵師が描いたものだという。先達さんは、あの懐《なつ》かしい思慮深い顔で、池のほとりに立っていた。羽の色も大きな嘴も記憶の中にある先達さんそのままだった。

絵の右上には「嘴広鸛《はしびろこう》」と書いてある。嘴が広い鸛《こうのとり》という意味だ。若年寄の堀田《ほった》摂津守《せっつのかみ》様が調べたのだそうだ。堀田様は本草学《ほんぞうがく》に精通しており、鳥を網羅《もうら》した書物の編纂《へんさん》もしている。その堀田様は嘴広鸛が鸛の仲間といえるだろうかと首をかしげ、さらに詳しく調べてみると言っているそうだ。

立派に表装された掛け軸はかなりあ堂に飾るにはもったいない。それでお方様に差し上げていいかと訊くと、お遥にあげたものだから好きにしていいと言う。

今日はこの掛け軸を持って平岡様の御屋敷に行くことになっていた。お佐都の話では、数日前にお子様が愛宕下《あたごした》広小路の上屋敷へ移られて、屋敷は火が消えたようだという。

「それじゃあ兄さん、行って来ます」

店を出ようとすると、伊織がそこに立っていた。ひどく難しい顔をしていた。

「あの……」

お遥は気軽に声を掛けることもできずにいた。

「邪魔をするぞ」

いつもなら店の上がり口に腰掛けるのだが、今日は店の間に上がり正座をしたのだった。

なにかを感じ取った徳造は、お茶を持って来た。

お遥と徳造は伊織の前に膝を正して座った。

「市五郎がすべてを吐いた」

市五郎といえば抜け荷の一味で、二年前に一度捕まった男だと聞いた。

「命惜しさに洗いざらい喋った。それで罪一等を減じられて流罪《るざい》となったぞ」

伊織は話の本質に迫るのを恐れるように、無関係な話をする。

「平岡様のお国元は肥前だが、あのあたりは場所柄、抜け荷をする輩が多くてな。かなり前になるが長崎《ながさき》蔵屋敷に詰めていた江口伊右衛門《えぐちいえもん》という男が、家の者に密告されて捕まったんだ。すると芋《いも》づる式に次々と江口の周囲の者の抜け荷が発覚してな……」

伊織は口をつぐみ、お茶を一口飲んだ。

「市五郎が喋ったのは、ある大名家の抜け荷についてだ。表沙汰にならず秘密裏に処理された事件だった。市五郎は江戸と肥前を行き来して抜け荷の仲介をやっていた。江戸で刀剣を買い集め、和蘭陀船や唐船に売りさばいていたのだ。それが十六年前のことだ」

「十六年前……」

「当時の小木藩藩主は、現藩主の実の兄、平岡駿河守道正様だ。御正室の名は綾《あや》様。女児を一人お生みになったばかりだった。それがお遥と考えて間違いないだろう。乳母の名も登代だとわかっているからな」

　父と母の名がわかった。だがお遥は喜べなかった。嬉しい知らせであるはずなのに、伊織の顔はさっきからずっと曇ったままなのだ。

「市五郎によると、十六年前、小木藩は藩を挙げて抜け荷で富を得ていた。この事実を知った江戸留守居役《るすい》の橋本勘左衛門《はしもとかんざえもん》は御公儀に密告しようとしたが失敗した。藩の中でも抜け荷の首謀者がだれかという詮索が始まった」

　そこで伊織は言葉を切って、大きく息をした。

「首謀者は藩主、道正と国家老《くにがろう》の津田河内守康敏《つだかわちのかみやすとし》だ。道正は密告しようとした橋本を殺害し、国家老の津田にすべての罪を着せ、秘密裏に処罰した」

　お遥は血の気がすっと引くのを感じた。自分の父がそんなことをしたというのか。

「藩主に裏切られたと知った津田の妻は一人息子とともに心中したのだが、死ぬ前に津田の父親に手紙を書いている。手紙には真相が書かれていた。せめて父親には知ってもらいたいと思ってのことだろう。津田の父親は数年前に中風《ちゅうふう》を患《わずら》い寝たきりだったが、その手紙を読み、息子の復讐《ふくしゅう》の念に駆られ突如恢復《かいふく》した。そして人を雇い、藩主一家を毒殺しようとした。女児は乳母の機転で三松屋に逃れた。そしてあのようなことになった。ただ一つ幸いだったのは、お遥があの火事で焼け死んだと思われたことだ。藩主一家が死んだと聞かされた津田の父親は自刃して果てた。藩主が主導して抜け荷をやっていたことが御公儀に知られれば、平岡家はお取り潰しになる。そうなれば藩士は浪人となってしまう。たくさんの人の生活が立ちゆかなくなる。それで藩主一家は食あたりで死亡したことにして、新しく藩主の弟が跡を継ぐことになったのだ」

伊織は話し終えて湯飲み茶碗を手に取った。しばらくそれを眺めていたが、飲まずに元へ戻した。

お遥は膝の上に置いた自分の手をじっと見ていた。喉が詰まったように苦しくて、息をしなければと、そんなことを考えていた。

「でも市五郎が嘘をついているかもしれません」

徳造がかすれた声で言った。

「嘘をついても、市五郎にはなんの得もない。それにこちらで調べたことと様々なことが一致する」

また長い沈黙が流れたが、それを破ったのは伊織だった。

「お遥、親がわかってよかったな、と言ってやりたいが、おまえの心は複雑だろう。だがな、親は親、お遥はお遥だ。これまでどおり胸を張って生きていくんだ。いいな」

「私のためにいろいろ調べてくださって、ありがとうございます」

お遥は手を突いて頭を下げた。

「いいってことよ。なにもかもわかって、すっきりしたってもんだ。なあ」

伊織はお遥と徳造の顔を見比べ、無理に笑顔を作って言った。

「そうですね。あたしもすっきりしました。なんにせよ昔のことです。過ぎたことです」

「兄さん……ごめんなさい」

お遥は徳造に向かって頭を下げた。

「なにを謝ることがあるんだい。お遥は赤ん坊だったんだよ。殺されるところだったんだ。それに市五郎の言っていることが本当だとしても、抜荷をしていた理由はわからないじゃないか。もしかすると、御家の御内証が苦しくて仕方なしに抜け荷に手を染めたかもしれないじゃないか」

「徳造の言う通りだ。藩の財政はどこも苦しいが、小木藩は小藩ながら比較的裕福な藩だ。それは先代の藩主の働きかもしれない。民百姓もよい暮らしをしているかもしれないじゃないか。たくさんの人が命を落としたが、悪いことばかりではないと考えたらどうだ」

「はい」

お遥を慰めてくれる二人のためにうなずいたが、心の中は言葉にならない思いが渦巻いていた。

気持ちの整理がつかなかった。

ともすれば悲しみがこみあげてくるが、自分は悲しんでいい立場にはないという気がする。

伊織が帰ったあと、徳造はお遥を励まそうとあれこれと話しかけてくれる。お遥も徳造の気持ちに応えようと笑顔を作るが、うまく笑えている自信はなかった。

「兄さん、これをお方様のところへ持って行くね」

お遥は伊織からもらった掛け軸を取り上げた。

「今日行かなくちゃならないのかい？　明日じゃだめかい？」

「今日行きます、って言ってあるから」

「そうかい。寄り道しないで早くお帰り」

「うん」

掛け軸を胸に抱いてとぼとぼと通りを歩く。市五郎が呼んで欲しいと言った平岡家の家臣は、十六年前に死んでいたという。抜け荷のことを知っていて、そのために消されたのだろうか。抜け荷を主導した藩主も国家老も死んでしまった。自業自得と言えるかもしれない。

だが、あまりにもたくさんの無関係な人が死んだ。

そして自分は生き残った……。胸の中に暗く悲しいものが渦巻いていて、うっかりするとその渦に呑み込まれそうになる。

「どうしたんだよ。そんな悲しい顔して」

気が付くと豆腐屋のおかみさんがお遥の顔をのぞき込んでいた。いつの間にか豆腐屋の前を歩いていたらしい。

「えっ、私、そんな顔してた？」

「そうだよ。この世の終わりみたいな顔してたよ」

「やだ、お八つを食べ損ねたなって考えてたものだから」

「なんだ、そんなことかい。心配するじゃないか」

豆腐屋のおかみさんが豪快に笑うので、お遥も一緒に笑った。

「それじゃあ、また」

お遥は手を上げて挨拶し、駆けだした。だが一町も行かないうちに、息が切れて走れなくなってしまった。

またのろのろと歩いた。

『私のまわりは、どうしてこうも優しい人ばかりなのだろう』

そう思うと涙がこみ上げてきた。

だが自分に泣く資格はない、と奥歯を噛みしめてこらえたのだった。


お子様と離ればなれになって、どのくらい泣き悲しんだのだろう。お方様はもともと線が細いかただったが、さらに痩せたように見える。お遥が来るのを心待ちにしていたと聞いて、なにやらくすぐったいような気がした。

お遥が持って来た掛け軸を広げて、見入る顔は嬉しそうでもあり、悲しそうでもあった。

「浜御殿におるのだな」

「はい。きっと公方様に可愛がられて、幸せに暮らしていると思います」

「そうか」

先達さんは役人たちに厳重に守られ連れて行かれた。信吾は御屋敷に残り、このまま お佐都の下で働くことになった。

「お遥がこのあいだ描いた絵図は無駄になってしまったな」

お方様は寂しそうにつぶやいた。絵図とは先達さんが住むための鳥小屋とその周辺の池のある庭園の絵図面のことだ。お方様と二人で考えたのだが、それはお遥もとても残念に思っている。お方様はその小屋へ毎日散歩するのだと、張り切っていたのだから。

「そうだ」

お遥は大声で叫んだ。

お方様は、「なんじゃ」と驚いて胸を押さえた。

「申し訳ありません。いいことを思いついたものですから」

「いいこととはなんじゃ」

「はい。先達さんの代わりの鳥を飼ってはどうでしょう」

「代わりの鳥か。そうじゃな」

お方様の顔がぱっと輝いた。

二人でどんな鳥がいいかあれこれと話すうちに、お遥は何気なく、「孔雀はどうでしょう」と言った。

お方様が「おお」と言うのと、お遥がはっと息を呑むのが同時だった。

しばらく忘れていたことを思い出した。

お遥が夢に描いていた、孔雀が空を飛ぶ茶屋だ。

「孔雀とはよい考えじゃ」

お方様も賛成のようだ。

「いっそのこともっと大きな庭園にして、孔雀は番で、それから東西の珍しい鳥も加え、渡り鳥が羽を休められるくらいの大きな池を作ってはどうでしょう。それから、だれでも見物に来ていい日を作るんです。その日は子供もお年寄りもたくさん見物に押し寄せて、きっとにぎやかですよ。それから、それから……」

お方様は目を輝かしてお遥の話に聞き入った。

お遥は孔雀が舞う庭園を胸に思い描いた。美しい羽を広げ優雅に飛ぶ孔雀を、お方様は見上げて幸福な笑顔を見せるだろう。たくさんの人が孔雀を見て歓声を上げるだろう。その声がお方様をさらに元気づけるに違いない。

それを思うと、お遥は喜びで胸が波打った。涙もこみ上げてきた。

今は泣いていいと思った。

本書は文庫書下ろし作品です。

|著者|和久井清水　北海道生まれ。札幌市在住。第61回江戸川乱歩賞候補。2015年宮畑ミステリー大賞特別賞受賞。内田康夫氏の遺志を継いだ「『孤道』完結プロジェクト」の最優秀賞を受賞し、『孤道 完結編　金色《こんじき》の眠り』で作家デビュー。他の著書に『水際のメメント　きたまち建築事務所のリフォームカルテ』や、本書のシリーズ前作となる時代ミステリー『かなりあ堂迷鳥草子《めいちょうぞうし》』がある。

かなりあ堂迷鳥草子《どうめいちょうぞうし》2　盗蜜《とうみつ》

和久井清水《わくいきよみ》

2023年10月13日第1刷発行

発行者――髙橋明男
発行所――株式会社　講談社
東京都文京区音羽2-12-21　〒112-8001
電話　出版 (03) 5395-3510
　　　販売 (03) 5395-5817
　　　業務 (03) 5395-3615

Printed in Japan

講談社文庫
定価はカバーに
表示してあります

KODANSHA

デザイン―菊地信義
本文データ制作―講談社デジタル製作
印刷―――株式会社KPSプロダクツ
製本―――株式会社国宝社

ISBN978-4-06-533020-3

講談社文庫刊行の辞

二十一世紀の到来を目睫に望みながら、われわれはいま、人類史上かつて例を見ない巨大な転換期をむかえようとしている。

世界も、日本も、激動の予兆に対する期待とおののきを内に蔵して、未知の時代に歩み入ろうとしている。このときにあたり、創業の人野間清治の「ナショナル・エデュケイター」への志を現代に甦らせようと意図して、われわれはここに古今の文芸作品はいうまでもなく、ひろく人文・社会・自然の諸科学から東西の名著を網羅する、新しい綜合文庫の発刊を決意した。

激動の転換期はまた断絶の時代である。われわれは戦後二十五年間の出版文化のありかたへの深い反省をこめて、この断絶の時代にあえて人間的な持続を求めようとする。いたずらに浮薄な商業主義のあだ花を追い求めることなく、長期にわたって良書に生命をあたえようとつとめるところにしか、今後の出版文化の真の繁栄はあり得ないと信じるからである。

同時にわれわれはこの綜合文庫の刊行を通じて、人文・社会・自然の諸科学が、結局人間の学にほかならないことを立証しようと願っている。かつて知識とは、「汝自身を知る」ことにつきていた。現代社会の瑣末な情報の氾濫のなかから、力強い知識の源泉を掘り起し、技術文明のただなかに、生きた人間の姿を復活させること。それこそわれわれの切なる希求である。

われわれは権威に盲従せず、俗流に媚びることなく、渾然一体となって日本の「草の根」をかたちづくる若く新しい世代の人々に、心をこめてこの新しい綜合文庫をおくり届けたい。それは知識の泉であるとともに感受性のふるさとであり、もっとも有機的に組織され、社会に開かれた万人のための大学をめざしている。大方の支援と協力を衷心より切望してやまない。

一九七一年七月

野間省一